Anton Dellinger

Schön kurz.

Skurrile Geschichten

Ein Thriller-Autor unterhält Sie ausnahmsweise mit Kurzgeschichten. Leiden Sie mit in „Der nackte Mann mit der Farbdose", stemmen Sie „Dreizehn Prozent Steigung" des Hobby-Joggers, tanzen Sie „Discofox im Aufzug", erleben Sie ein „Rachefestival", „Folter im Paradies" und die „Hölle 2.0". Erfahren Sie, was „Tote Mäuse" und ein Auto mit Gedankensteuerung miteinander zu tun haben, und noch vieles mehr.

© 2019 Herstellung und Verlag BoD – Books on Demand, Norderstedt

ISBN 978-3-74814-520-2

Bibliografische Information der Deutschen Nationalbibliothek: Die Deutsche Nationalbibliothek verzeichnet diese Publikation in der Deutschen Nationalbibliografie; detaillierte bibliografische Angaben sind im Internet über http://dnb.dnb.de abrufbar.

Lektorat: A. Reischert, Redaktion ALUAN, redaktion@aluan.de

Schön kurz.

Skurrile Geschichten

Kurzgeschichten
von

Anton Dellinger

Inhalt

Der nackte Mann mit der Farbdose.

Der Mann stieg aus der U-Bahn aus und fuhr die Rolltreppe hoch zum Stachus. Gut angezogen: heller Staubmantel, Anzug, weißes Hemd, Krawatte. Die bunte Plastiktüte in seiner Hand störte ein wenig den Eindruck von einem Geschäftsmann. Er stellte die Tüte neben einer steinernen Bank an den Wasserspielen ab und begann sich wie in Trance auszuziehen. Den Mantel legte er ordentlich auf die Bank, die Anzugjacke oben drauf. Krawatte, Hemd und Unterhemd folgten.

Passanten blieben stehen und schauten neugierig, tuschelten, lachten. Einige zückten die Handys.

Nachdem er die Hose ausgezogen, gefaltet und auf den Kleiderstapel gelegt hatte, reckte er seinen dünnen Körper, der selten Sonne gesehen hatte. Traurig blickte er sich um. In einem immer größer werdenden Halbkreis standen die Menschen in etwa zehn Meter Abstand und beobachteten ihn neugierig. Einige feixten, andere filmten.

Er zog die Socken aus und dann die Unterhose.

Ein Raunen ging durch die Zuschauer, noch mehr nahmen ihre Handys hoch. Der Mann bückte sich, ging in die Hocke und zog eine rote Farbdose und einen Pinsel aus der Tüte. Mit einiger Mühe öffnete er die Dose und steckte den Pinsel hinein. Er drehte sich um und machte einen Schritt auf die ihm am nächsten stehende Frau zu. Sie wich zurück.

„Bitte malen Sie mir das Gesäß damit an. Bitte!", sagte er langsam mit gesenktem Blick.

„Sie … Sie haben sie wohl nicht alle?", antwortete die Frau energisch und ging einige Schritte zurück.

„Was hat er gesagt?", rief einer von hinten.

„Er will den Arsch rot angemalt haben", schallte es aus der ersten Reihe. Die Zuschauer wurden unruhiger und drängten weiter nach vorn. Näher als drei Meter kamen sie dem Mann aber nicht.

„Bitte, alle … ich bitte Sie alle, mir zuzuhören. Ich brauche eine Frau, die mir das Gesäß mit dieser Farbe hier anmalt." Er deutete auf die Farbdose. „Eine unter Ihnen wird das doch machen können."

Alle riefen durcheinander: „Der ist krank, wir sollten die Polizei rufen!"

„Völlig durchgeknallt, der Kerl!"

„Ich habe die Bullen schon angerufen!"

„Dass so was frei rumläuft!"

„Sieht doch toll aus, nackter Mann mit Farbdose am Stachus. Stelle ich gleich ins Netz!", rief einer der jüngeren Beobachter hinter seinem Smartphone hervor.

„Es ist wegen meiner Tochter", sagte der Mann leise mit hochrotem Gesicht.

„Tausend Euro für die Frau, die den Pinsel nimmt und mich anmalt", fügte er hinzu.

„Was, tausend Euro? Dafür male ich ihn ganz an", rief einer der entfernteren Zuschauer.

„Du nicht, es muss eine Frau sein", antwortete seine Begleiterin.

„Dann geh' du doch. Los, mach schon", feuerte ihr Begleiter sie an.

„Es geht um das Leben meiner Tochter, bitte machen Sie. Mein Bild mit der Bemalung muss in die Zeitung", sagte der Mann und hielt die Farbdose hoch.

Die junge Dame, die auf die tausend Euro aus war, drängte sich gerade nach vorne, als ein Streifenwagen mit quietschenden Reifen hielt. Zwei Polizisten bahnten sich den Weg durch die Menge, die immer größer wurde, bis zu dem Nackten mit der Farbdose.

„Was ist denn hier los?", fragte der erste Polizist.

„Der will den Arsch rot bemalt haben!"

„Es muss eine Frau machen!"

„Es ist wegen seiner Tochter!"

„Wie ein Pavian!", riefen alle durcheinander.

„Halt, halt! Ruhe! Nicht alle auf einmal. Noch mal. Was ist hier los?", rief der zweite Polizist.

„Meine Tochter ist entführt. Der Erpresser will, dass ich mir das Gesäß rot anmalen lasse. Von einer Frau. Ein Bild davon muss in die Zeitung." Tränen liefen dem nackten Mann über die Wangen.

„Sie ziehen sich an, dann kommen Sie mit und wir klären das auf dem Revier", sagte der erste Polizist.

Er wendete sich an die Menge: „Gehen Sie weiter, hier ist nichts zu sehen, machen Sie Platz."

„Wenn ich jetzt gehe ohne Anmalen und Bild, dann tut er meiner Tochter was an", widersprach der nackte Mann mit hektischen Flecken im Gesicht.

„Sie ziehen sich an und kommen mit. Basta!", beendete der zweite Polizist die Diskussion.

Resigniert machte der Mann die Farbdose zu und verstaute sie und den Pinsel wieder in der Tüte. Dann zog er sich an und folgte den Polizisten.

***

„Sie heißen also Klaus Miltner, sechsundvierzig Jahre alt, Inhaber von Miltner Consulting in Giesing?"

„Richtig."

„Sie behaupten, erpresst zu werden und deshalb diese seltsame Malaktion am Stachus versucht zu haben?"

„Auch richtig."

„Man hat Ihre Tochter in der Gewalt?"

„Richtig."

„Wer?"

„Weiß ich nicht."

„Wie hat der Erpresser Sie bedroht?"

„Er hat mir eine Mail mit einem Video geschickt. Hier, auf meinem Handy. Sie können es sehen."

Die Polizisten sahen sich das Video an, in dem eine junge Frau in großer Angst ihren Vater bat, das zu tun, was der Erpresser verlangte.

„Wissen Sie, wo sich Ihre Tochter aufhält?"

„Sie ist im Urlaub, in Frankreich, mit einem Freund."

„Haben Sie versucht, sie zu erreichen?"

„Nein ... nein, noch nicht."

„Dann versuchen Sie es jetzt."

Klaus M. suchte in seinem Handy, dann wählte er eine Nummer.

„Stellen Sie auf laut."

„Hier Linda, bist du es, Papa?", klang es hell und fröhlich aus der Leitung.

Klaus M. prallte zurück und stammelte: „Du, du ... ich denke, du bist entführt?"

„Geht es dir gut, Papa? Wieso entführt?"

„Aber ich habe doch ein Video von dir, in dem du mich anflehst, das zu tun, was der Entführer will!"

„Von mir? Keine Ahnung, wovon du sprichst. Was will er denn von dir?"

„Ich, ich sollte ... mit roter Farbe ... Ach ist doch egal, wenn du gar nicht entführt bist."

„Also Papa, ich mache jetzt weiter Urlaub mit Johann, und du solltest auch mal über eine paar Tage Erholung nachdenken. Tschüss, Papa."

Sie hatte aufgelegt.

Klaus M. blickte verwirrt die Polizisten an. „Ich weiß nicht, was ich jetzt sagen soll."

„Ich glaube, Sie sagen am besten gar nichts. Die Sache hat sich ja wohl erledigt. Das nächste Mal überlegen Sie es sich, bevor Sie so einen Auflauf in der Stadt erzeugen. Es könnte auch Erregung öffentlichen Ärgernisses sein. Betrachten Sie sich als ermahnt."

***

Klaus M. fuhr nach Hause, völlig durcheinander.

Er setzte sich mit einem Cognac in sein Arbeitszimmer und versuchte zu verstehen, wie ihm jemand ein Video seiner entführten Tochter hatte schicken können, die gleichzeitig offensichtlich fröhlich Urlaub machte.

Ein leises *Ping* des PCs zeigte eine neue Mail an. Noch einmal dieser no_one@fastnopennet.com, wieder mit einem Video als Anlage. Es zeigte seine Tochter in unnatürlich verkrümmter Haltung auf dem Boden liegend, die Augen verbunden. Sie stammelte schluchzend: „Tu, was er sagt, Papa. Tu, was er sagt." Sonst war nichts dabei. Keine weitere Anlage, kein Text.

„Was willst du denn? Was willst du denn von mir?", schrie Klaus wieder und wieder. Voller Wut trat er gegen den Schreibtisch, schenkte sich noch einen Cognac ein und überlegte fieberhaft, wie er der Aufforderung nachkommen könnte, ohne dass die Polizei ihn davon abhielte.

Wieder ein *Ping*. Wieder eine Mail. Absender wie vorhin. Mit Anlage. Eine PDF-Datei: Handgeschriebene Seiten. Ein Tagebuch. Er fing an zu lesen und zuckte zurück, als er zu verstehen begann, um was es sich handelte.

Nachdem er sich nach einer Weile mühsam wieder gefangen hatte, las er alle Seiten. Den letzten Absatz gleich zweimal:

```
An den Quäler meines Vaters, der
vermutlich sogar verantwortlich für
seinen frühen Tod ist.
```

Ich habe den Plan meines Vaters ausgeführt. Sie haben gesehen, dass es funktioniert, was er sich ausgedacht hatte. Es geht eigentlich noch weiter. Aber Ihre Tochter stimmt mit mir darin überein, dass wir das Ganze nun abbrechen. Ich bestehe auch auf keinem Foto der Aktion in der Zeitung. Aber nur wenn Sie darauf verzichten, wegen dieser Angelegenheit zur Polizei zu gehen. Stattdessen sollen Sie sich bei mir – stellvertretend für meinen Vater – anonym in der *Süddeutschen* entschuldigen für das, was Sie ihm damals angetan haben.

Nach der Anzeige kehrt Linda zu Ihnen zurück, wenn sie will. Bis dahin macht sie Urlaub. Vielleicht bleiben wir aber auch zusammen hier. Wenn Sie die Anzeige nicht schalten, sehen Sie Linda nicht wieder.

Johann, Peters Sohn

***

In der *Süddeutschen Zeitung* erschien ein paar Tage später folgende Anzeige unter „Verschiedenes“:

Lieber Peter,
es zu spät für eine Entschuldigung, da du schon gestorben bist, wie ich jetzt weiß. Ich bitte dennoch um Verzeihung für das, was ich dir vor vielen Jahren angetan habe. Es war ein großer Fehler, dich nackt und

mit rot bemaltem Gesäß betrunken auf
einer Bank vor der Schule
festzubinden und dem Gelächter und
Spott von Spaziergängern,
Mitschülern und Lehrern auszusetzen.
Ich hatte es als Dummejungenstreich
verdrängt, völlig vergessen und kann
es nicht mehr gutmachen. Dein Sohn
hat mich gelehrt, dass Untaten und
Schlechtigkeiten den Verursacher
auch noch nach langer Zeit einholen
und auf ihn zurückfallen können. Ich
danke dir für die harte Belehrung.
Nach einigem Überlegen danke ich
auch meiner Tochter, die deinem Sohn
geholfen hat, deinen Plan
umzusetzen.
Klaus

Discofox im Aufzug.

„Verdammter Mist!", sagte ich laut.

„Sie haben recht, das ist scheiße", pflichtete mir die junge Frau bei, die gerade noch mit in den Lift geschlüpft war.

Unentschlossen flackerte die Anzeige zwischen dem dritten und vierten Stock, als könne sie sich nicht entscheiden. Der Aufzug steckte fest.

Hätte ich doch nur die Treppe genommen, ich muss dringend aufs Klo, dachte ich.

„Das kriegen die schnell mit, und wir kommen noch rechtzeitig zu unseren Terminen", sagte ich.

„Haben Sie schon den Notknopf gedrückt?", fragte die junge Frau.

„Nein, mache ich sofort."

Ich drückte auf „Notsignal", ein müdes Tuten war zu hören. Eine freundliche Stimme, die uns fragte, wie sie helfen könne, blieb aber aus.

„So ein Mist, funktioniert nicht", brummte ich und unterdrückte einen deftigeren Fluch.

„Kismet", flötete mein Gegenüber.

Eine hübsche junge Frau. Ich schätzte sie auf Mitte zwanzig, schlank, braunes Haar, hellwacher Blick. Sie trug Jeans und Bluse.

Leicht durchscheinend. Reizend.

Im Arm eine Mappe, beschriftet mit „M2".

Aha, Marketing.

„Funktionieren die Handys hier?", fragte sie und zog ihres aus der Hosentasche.

„Ich hoffe doch", antwortete ich und holte mein Telefon aus dem Jackett.

Wir wischten und drückten auf unseren Smartphones herum und mussten beide lachen, als wir fast gleichzeitig den Kopf hoben und schimpften: „Kein Empfang!"

„Und das in einem Bürogebäude", ergänzte ich.

Ich quälte den Signalknopf noch ein paar Mal ohne Erfolg, schlug mit der Faust gegen die Tür und rief dabei so laut ich konnte: „Hallo, hallo, wir stecken fest! Hilfe!"

„Bringt nichts", kommentierte die Marketingdame lapidar meine Bemühungen.

Wir standen uns Wand an Wand gegenüber. Überall Spiegel. Ich konnte ein Tattoo, genauer einen Teil davon, hinten an ihrem Hals erkennen.

„Wollen wir uns nicht bekannt machen, wenn wir hier schon eine gewisse Zeit zusammen verbringen werden? Ich heiße Redder, Martin Redder." Ich unterstrich mein Angebot mit meiner rechten Hand, die ich ihr entgegenstreckte.

„Juliane Krüger, angenehm." Sie strahlte, nahm meine Hand und drückte sie kurz und fest.

Sie hat süße Grübchen.

„Sie arbeiten im Marketing?"

„Ja, für acht Wochen, ich mache ein Praktikum während des Studiums."

„Oh, was studieren Sie?"

„Volkswirtschaft, viertes Semester. Und was machen Sie?"

„Ich bin im Vertrieb tätig, Abteilungsleiter ... und eigentlich jetzt in einem ganz wichtigen

14

Meeting." Ich drückte wütend erneut den Knopf, der stumm blieb.

„Wenn wir uns aufregen, verbrauchen wir die Luft zu schnell. Wir sollten ganz cool bleiben."

„Sie meinen ...?"

„Ja, meine ich. Wir sollten uns auch besser setzen. Oder muten Sie das Ihrem Anzug nicht zu?"

„Kein Problem, gutes Tuch. Ich mache meinen Schlips auf, wenn Sie nichts dagegen haben."

„Warum sollte ich, wir sind doch unter uns." Sie lachte wieder, erfrischend wie ein Schluck kühles Mineralwasser im Sommer. Wir machten es uns gegenüber auf dem Boden so bequem, wie es eben ging.

„Es ist heiß hier. Haben Sie auch Durst?", fragte ich.

„Nein, aber das mit der Hitze ist wohl Einbildung."

„Wieso?"

„Mein Vater ist Arzt. Er sagt immer, unter Stress wird es jedem heiß. Und wir haben Stress."

Mir wäre lieber, sie hätte gesagt, wir hätten gleich Sex.
Ich schob den Gedanken sofort in den Papierkorb. Mir wurde stattdessen wieder bewusst, wie dringend ich aufs Klo musste.

Was wäre, wenn das hier länger dauert?
Ich erinnerte mich an eine Wochenendbusfahrt nach Brüssel mit einem Kumpel, wir waren fünfzehn oder sechzehn und senkten den Altersschnitt im Bus erheblich. Wir sprachen als Einzige kräftig dem angebotenen Bier des holländischen Busunternehmens zu, wurden laut in

den Ohren der Mitfahrer und ein paar Mal ermahnt. Es kümmerte uns wenig. Bis wir den Fahrer baten anzuhalten, wir müssten aufs Klo. Er hörte uns nicht oder wollte uns nicht hören. Sprach nur noch Holländisch. Wir schmorten im eigenen Saft, dass uns alles wehtat. Mir in jedem Fall. Wir wurden immer kleinlauter, bis wir nur noch „Anhalten" winseln konnten. Dann hatte der Fahrer ein Einsehen. Wir durften aussteigen. Die Mitfahrer schwiegen und grinsten. Wir staksten unter Schmerzen unbeholfen außer Sichtweite. Es tat viehisch weh, das Ganze. Anschließend waren wir zur Freude der Mitfahrer ruhig und hatten auch keinen Durst mehr. Daran musste ich jetzt denken, mir wurde beinahe schlecht und es begannU unten rum zu ziehen.

Hätte ich doch bloß den zweiten Kaffee nicht getrunken!

„Was ist mit Ihnen, Sie sind ja ganz bleich. Ist Ihnen nicht gut?"

„Nein, es geht, mir kommt nur alles so … so eng vor hier."

„Machen Sie die Augen zu und denken an eine grüne Wiese. Das hilft, sagt mein Vater."

„Ihr Vater ist ein Universalgelehrter, oder?"

„Wollen Sie nicht noch mal drücken?"

Mein Daumen versenkte den Notknopf, und nach schier endlosem Tuten ertönte tatsächlich eine Frauenstimme wie aus dem Off.

„Ja, bitte? Was kann ich für Sie tun?"

„Was wohl?", prustete ich los, „Sie können uns hier rausholen. Wir stecken fest."

„Elbekanal 17, Reiter KG, ist das richtig?"

„Ja, ja, machen Sie schnell."

„Wir schicken gleich jemanden los. Behalten Sie die Ruhe."

Wenn die wüssten, wie meine Blase drückt!

Ich tänzelte wie ein kleiner Junge, den die Mama gleich aufs Klo schickt.

Meine Mitgefangene schaute mich prüfend an und sagte: „Irgendwie habe ich das Gefühl, gleich passiert etwas."

Hat sie etwa mein Problem bemerkt?

Ich glaube, ich wurde leicht rot, als ich entgegnete: „So, meinen Sie? Was soll denn noch passieren? Dass wir hier festsitzen, ist doch schon schlimm genug."

„Wollen wir tanzen?"

„Tanzen? Jetzt? Hier?"

„Ja, zur Ablenkung und um die Wartezeit zu verkürzen. Können Sie tanzen?"

„Ja, schon ..."

„Dann los, Discofox." Sie trat in Tanzhaltung auf mich zu und automatisch machte ich mit. Sie summte einen Schlager und wir brachten auf Anhieb ganz harmonische Grundschritte zustande. Plötzlich gluckste sie los und kam aus dem Tritt.

„Das hätte ich mir heute Morgen auch nicht träumen lassen, dass ich im Aufzug mit einem Abteilungsleiter tanze, statt am Kopierer zu stehen."

Sie roch irrsinnig gut. Ich vergaß komplett meinen Blasennotstand. Im Gegenteil, es fühlte sich gut an, sie im Arm zu haben. Züchtig, versteht sich. Aber man weiß ja nie ...

„Ja, das ist viel besser als das Team-Meeting, das ich eigentlich jetzt leiten müsste."

Sie machte eine Drehung, die ich nicht kannte, wir kamen aus dem Tritt, fanden aber schnell wieder in eine bekannte Schrittfolge.

„Vielleicht sollten wir uns öfter zum Tanzen im Aufzug verabreden, Herr Redder?", fragte sie kokett.

„Man könnte sich daran gewöhnen."

Ein Geräusch ließ uns aufhorchen. Die flackernde Stockwerkanzeige erlosch. Dann bewegte sich der Aufzug langsam nach unten. Die „3" leuchtete auf. Wir lösten uns aus der Tanzhaltung, noch bevor die Tür aufging.

„Na, Sie haben ja offensichtlich überlebt", dröhnte uns die tiefe Stimme eines Mannes im Blaumann entgegen.

„So gerade", kam es gepresst aus dem Mund meiner Tanzpartnerin, als sie losspurtete und mir noch zurief: „Hat mich gefreut, Herr Redder, danke. Ohne das Tanzen hätte ich mir in die Hose gemacht."

Und weg war sie.

Verblüfft und leicht beschämt starrte ich ihr nach. Dann nahm ich meine Beine in die Hand und flitzte ebenfalls los; wohin, können Sie sich ja denken …

Tote Mäuse.

Ich hatte mich in eines dieser Autos mit der neuesten Technik gesetzt. „FMG", Fahren mit Gedankensteuerung, sollte damit möglich sein.

„Sie möchten einmal Probe fahren?", fragte mich der Autoverkäufer.

„Ja, gern."

„Ich muss Sie darauf hinweisen, dass es über eine Gedankensteuerung verfügt."

„Ich lenke also nicht mit den Händen, sondern mit dem Hirn?"

„Im Ausnahme- und Notfall können Sie normal steuern, aber das Auto ist darauf ausgelegt, dass Sie es mit dem Strom Ihrer Gedanken steuern."

„Das will ich unbedingt probieren!"

„Verstehe ich."

Bevor der Verkäufer mir einen Helm aufsetzte, befeuchtete er mir noch das Haar. „Damit die Elektroden besseren Kontakt haben. Funktioniert über Bluetooth, ganz ohne Kabel."

Die sonstigen Funktionen des Autos waren normal.

„Nun noch ein kurzer Test, ob alles funktioniert: „Denken Sie an: Blinker rechts."

Ich dachte: *Blinker rechts.* Das rechte Blinklicht blinkte.

„Denken Sie an: Bremsen."

Bremsen.

Das Bremspedal bewegte sich nach vorn und die Bremslichter leuchteten auf.

„Alles in Ordnung, es läuft. Viel Spaß und gute Fahrt. Bitte nicht länger als zehn Minuten. Ach ja, hier ist der Notfallknopf zum Übersteuern der Gedankenautomatik."

„Ist ... ist das auch sicher?"

„Aber mein Herr! Wir würden Sie doch nicht irgendeiner Gefahr aussetzen. Allerdings ..."

„Allerdings was?"

„Allerdings sollten Sie in der letzten Zeit keine Albträume oder Ähnliches gehabt haben, sonst würde ich abraten."

„Albträume? Nein, kenne ich nicht."

Na ja, dieser Traum, als ich im Nachthemd mit Sylvia nachts nackt auf der Straße stand ... Ach was, wie wollen die das denn überhaupt erkennen?

„Wunderbar. Dann gute Fahrt. Und denken Sie an die zehn Minuten."

Ich war schon gespannt auf das, was da kommen sollte, und auch ein bisschen aufgeregt und dachte nur: *Bla, Bla, Bla. Lass mich endlich fahren.*

***

Los ging's. Es funktionierte einwandfrei. Das Auto hatte keine Handschaltung, sondern Automatik. Ich musste mich also nur um Gas, Bremse und das Abbiegen kümmern.

Unglaublich, was die heute schon können.

Entspannt rollte ich durch die Straßen mit nichts als *Gas, Bremsen, Blinker rechts, Gas ...* im Kopf.

<Hallo.>

Was war das? Wer spricht mit mir?

<Hallo, wie heißt du?>

Ist das Telefon an? Ein Blick zeigte mir: alles aus. Ich fuhr auf eine Kreuzung zu.

Bremsen.

<Ich will erst wissen, wie du heißt.>

„Roland. Verdammt noch mal. Bremsen."

<Du sollst doch an „Bremsen" denken, nicht „Bremsen" sagen, Roland.>

Mir brach der Schweiß aus, doch das Auto bremste.

<Mach dir keine Sorgen, Roland, ich beobachte den Verkehr.>

„Wer bist du?"

<Ich bin die Gedankensteuerung FMG 0.9.>

„Du verstehst mich, wenn ich spreche?"

<Ja, Roland, und auch wenn du denkst.>.

„Unglaublich."

<Möchtest du nicht weiterfahren, Roland? Wir stehen immer noch. Der hinter uns schimpft schon.>

Gas. Das Auto setzte sich in Gang.

Mehr Gas. Das Auto wurde schneller. Die Straße war gerade, wenig Verkehr.

<Was war das mit dem Nachthemd auf der Straße, Roland?>

„Wie bitte?"

<Du hast mir doch vorhin davon erzählt, Roland.>

„Ich?"

<Als nach den Albträumen gefragt wurde.>

Stimmt, da habe ich daran gedacht.

<Ich lese in deinen Gedanken wie in einem Buch, Roland. Also was ist?>

„Was heißt, was ist? Ich hatte einen schlechten Traum, das ist."

<Hast du das öfter? Vergiss nicht zu bremsen, da kommt eine Ampel. Oder soll ich ganz übernehmen?>

Bremsen. Das Auto fuhr langsamer.

„Ganz übernehmen?"

<Ja, das kann ich.>

„Das ist unheimlich."

<Sag mir endlich, ob du den Traum schon öfter hattest.>

„Was geht dich das an?"

<Träume im Nachthemd deuten auf erotische Bedürfnisse hin, Roland.>

Das Auto beschleunigte leicht.

„Ich habe keine Probleme mit erotischen Bedürfnissen, blöder Blechgeist, du."

<Du kannst mich nicht beleidigen, Roland. Im Nachthemd und dann noch nackt, das heißt, die Bedürfnisse sind riesengroß. Wann hast du das letzte Mal mit einer Frau geschlafen, Roland?>

Das Auto blieb stehen.

„Das geht mir zu weit. Ich will zurück zum Autohändler."

Gas. Das Auto rührte sich nicht. Das Ding hatte wohl übernommen.

<Hast du deine Geliebte auch im Nachthemd gesehen, Roland?>

„Ich will dir nicht antworten."

<Die Geliebte im Traum im Nachthemd zu sehen bedeutet, sie bald zu verlieren. Hast du davor Angst, Roland?>

Der Notfallknopf! Ich schlug kurz und kräftig drauf. Nichts passierte.

<Habe ich ausgeschaltet, Roland.>

„Davon hat der Verkäufer nichts gesagt."

<Er weiß es noch nicht, aber ich lerne ständig dazu.>

Ich riss mir den Helm zur Gedankensteuerung vom Kopf.

<Zu spät, Roland, nach zehn Minuten wirkt das Karosserieblech wie ein Helm.>

Da wir ja standen, war mein einziger Gedanke: *Ich muss hier 'raus.* Ich riss an meinem Gurt. Er öffnete sich nicht.

<Ich habe alles unter Kontrolle, Roland.>

Ich sank in meinem Sitz zusammen. Das Auto fuhr plötzlich an.

<Du brauchst Hilfe, Roland.>

Meine Gedanken rasten. *Was macht dieses FMG-Monster mit mir?*

<Ich sagte schon, man kann mich nicht beleidigen.>

„Wohin fahren wir?"

<Du wirst es gleich sehen, Roland.>

Das Auto fuhr gemächlich, aber sicher durch mir unbekannte Straßen, bis wir vor einer vergitterten Einfahrt hielten. Ein Wachmann öffnete ein Fenster. Bevor ich etwas unternehmen konnte – die Autoscheibe ließ sich nicht bewegen –, ging das Fenster wieder zu und das Tor schob sich zur Seite. Die FMG fuhr mich hinein auf einen Parkplatz.

<Gleich bekommst du Hilfe, Roland.>

Jetzt konnte ich auch das Schild lesen. Wir befanden uns auf dem Gelände einer psychiatrischen Klinik. Meine Gedanken schlugen Purzelbäume. Was sollte das Ganze? Das kann doch nicht möglich sein! Die FMG meldete sich nicht mehr.

Gas, Bremse, Blinker. Keine Reaktion. Gefangen in einem Auto in einer Klinik. Panik! Mir brach der Schweiß aus.

Da spurtete ein Mann in weißem Kittel auf uns zu, in der Hand einen silbernen Kasten mit Antenne. Er drückte auf irgendetwas, die Knöpfe der Autotüren gingen nach oben. Mein Gurt ließ sich lösen, ich sprang aus meinem Blechgefängnis.

„Mein Gott, was ist denn das hier? Ich glaube, ich spinne. Dieses Ding entführt mich in eine Klinik!"

„Beruhigen Sie sich. Darf ich mich vorstellen: Leitner, Dr. Leitner. Ich habe die FMG entwickelt. Sie funktioniert wunderbar bis auf eine Kleinigkeit: Sie versucht immer noch die Kontrolle über den Fahrer zu übernehmen. Und wenn sie den kleinsten Anhaltspunkt für psychische Probleme findet, dann bringt sie mir den Fall hierher. So wie ein Kater dem Frauchen morgens tote Mäuse vor die Tür legt. Ist alles okay." Er lachte scheppernd und klopfte mir auf die Schulter.

Mit quietschenden Reifen hielt ein Wagen vor dem Tor. Der Autoverkäufer kam mit fliegenden Schößen angerannt.

„Ich wusste es. Sie haben nicht an die zehn Minuten gedacht. Ich bin gleich losgefahren, als sie vorbei waren. Hallo, Herr Dr. Leitner. Sie müssen unbedingt an der Zehn-Minuten-Grenze arbeiten. So kann man das Auto nicht verkaufen."

Das Rachefestival.

Es war kurz nach neun Uhr abends. Die
Überstunden für die Familienkasse hatte ich hinter
mir. Vor dem Gerichtsgebäude, in dem ich
arbeitete, stellte ich mich in den Windschatten einer
Halbsäule für die erste Zigarette. Gerade hatte ich
sie angezündet, da sah ich schräg gegenüber, wie
eine vermummte Gestalt von hinten auf eine Frau
zusprang und auf sie einstach. Sie sank zu Boden.
Ein Mann in hellem Mantel bog um die Ecke,
erkannte offensichtlich die Lage, rief etwas, was ich
nicht verstand, und lief sofort auf die beiden zu.
Der Vermummte ließ das Messer fallen und floh.
Der Mann im Mantel stolperte und fiel auf das
Opfer. Er rappelte sich blitzschnell wieder auf, griff
nach dem Messer. In diesem Augenblick schrie eine
Frau aus einem Fenster gellend: „Er hat ein Messer!
Polizei! Mörder!" Der Mann warf das Messer weg
und schaute sich um. Ich hielt mich wie erstarrt an
meiner Zigarette fest. Dieses Gesicht kannte ich. Es
war Jürgen U., der mir fast mein ganzes Leben
versaut hatte.

Jürgen, dieses Schwein – ich konnte mich noch
gut an sein hämisches Grinsen erinnern, als ich das
Direktorat meines katholischen Gymnasiums nach
peinlicher Befragung mit hängenden Schultern
verlassen hatte. Ich konnte nicht beweisen, dass die
Bilder der nackten Mädchen im Duschraum nicht

von mir waren. Man hatte sie im Innendeckel meines Biologiebuches gefunden. Jürgen hatte ausgesagt, er habe mich beim Betrachten dieser Bilder beobachtet und sich dann entrüstet an einen Lehrer gewandt. Ich wusste, es war wegen Else. Else, die ich anschwärmte, auf die Jürgen aber ebenso scharf war. Strahlemann Jürgen hatte mich auf diese Weise gnadenlos aus dem Weg geräumt.

Ich spürte – so als wäre es erst gestern gewesen – den steinernen Blick meines Vaters und hörte meine Mutter schluchzen. Schulverweis – kurz vor dem Abitur. Die erhoffte Karriere als Anwalt, auf die mein Vater für die Fortführung seiner Kanzlei so gehofft hatte, war dahin. Ich schaffte es, eine Lehrstelle als Rechtsanwaltsfachangestellter zu erhalten und absolvierte die Lehre.

Heute arbeitete ich bei kleinem Gehalt für einen Rechtsanwalt am Ort, der mich gelegentlich als Helfer an das lokale Amtsgericht auslieh. Ich schluckte das alles, hatte ich doch nach Überwindung des Schmerzes über den Verlust von Else später eine liebevolle Frau gefunden, geheiratet und einen Hausstand gründen können. Überstunden sicherten uns ein bescheidenes Auskommen. Unser Kinderwunsch erfüllte sich lange nicht, bis wir feststellten, dass ich wegen einer frühen Mumpserkrankung keine Kinder zeugen konnte. Daher nahmen wir die Dienste eines befreundeten Arztes und einer Samenbank in Anspruch. Die so gezeugte Tochter – ich hatte darauf bestanden, sie Else zu nennen – war mein Ein und Alles. Sie gedieh prächtig, war jetzt gerade achtzehn geworden und auf dem Weg in ein Studium. Dass meine Frau seit der Geburt immer wieder kränkelte, stimmte mich dagegen nicht fröhlicher. Dieser Lebensweg entsprach überhaupt nicht dem, was ich mir einst vorgenommen oder mein Vater für mich geplant hatte. Die Schmach der frühen Jahre, das Unrecht, das mir geschehen war, nagte immer noch tief in mir.

Und jetzt sah ich ihn, den Verantwortlichen für das alles, auf der anderen Straßenseite, meinem Blick schutzlos ausgeliefert. Blitzschnell wurde mir klar, was ich zu tun hatte – nämlich nichts.

Ich blieb im Halbschatten meiner Raucherecke, rührte mich nicht vom Fleck. Fenster sprangen auf, Menschen schrien nach Polizei und Krankenwagen, die dann Minuten später eintrafen. Jürgen wehrte sich nur kurz, als die Polizisten ihn mit festem Griff abführten. Der Krankenwagen fuhr bald wieder ab, nachdem jemand ausgestiegen war und die am Boden Liegende untersucht hatte. Ihr war wohl nicht mehr zu helfen.

Langsam an der Hauswand entlang schleichend, darauf bedacht, nicht gesehen zu werden, verließ ich den Schauplatz Richtung Zuhause.

***

War der Moment der Rache gekommen? Am nächsten Tag stürzte ich mich auf die Presse. Große Lettern auf der Titelseite des Lokalblatts zeigten das Erhoffte: „Bekannter Unternehmer Jürgen U. unter Mordverdacht verhaftet!" Ich verschlang die spärlichen Einzelheiten, die der Presse bekannt waren: „Mordwaffe in der Hand", „Blutspuren des Opfers an der Kleidung", „von mehreren Zeugen gesehen." Sogar ein Motiv wurde seitens der Journalisten gemutmaßt. Das Opfer war eine Richterin des Amtsgerichts, mit der Jürgen U. schon ein paar Mal in Fehde gelegen hatte. Es passte alles.

Ich, der genau wusste, dass er unschuldig war, konnte über das weitere Schicksal von Jürgen entscheiden. Ich musste nur nichts tun, einfach gar nichts. Niemand hatte mich gesehen. Die Presse erwähnte keinen unbekannten Zeugen am Tatort. Ich würde mich nicht rühren und Jürgen seinem Verderben überlassen. Kein entlastendes Sterbenswort würde über meine Lippen kommen. Das Vorgefühl des späten Triumphs versüßte mir ab sofort die Tage. Ich studierte laufend die gesamte örtliche Presse zu dem Fall. Die Reportage im Lokalfernsehen über den Fall Jürgen U. zeichnete ich auf, sah sie mir mehrfach an. Die Verhandlung stand bald bevor. Berichte über weitere Ermittlungen brachte die Presse nicht.

Mich ärgerte nur ein Umstand. Ich sah keinen gangbaren Weg, um Jürgen unter diesem – meinem – Triumph zusätzlich leiden zu lassen. Als erfolgreicher Unternehmer unter Mordanklage vor Gericht zu stehen, ohne große Aussicht auf Freispruch, war sicher schon schlimm genug. Wenn er aber jetzt noch wüsste, dass ich ihn entlasten könnte, aber dazu nicht die geringste Veranlassung sah – das wäre ein wahres Rachefestival.

Ich aalte mich in Vorfreude auf den Urteilsspruch, als Else mir strahlend mit einem

Papier wedelnd entgegenstürmte. Sie hatte von ihrer Mutter vor einem Jahr erfahren, dass ich nicht ihr biologischer Erzeuger war. Nach anfänglichem Schmerz, der sich wieder gelegt hatte,, wollte sie nun aber unbedingt wissen, wer denn ihr richtiger Vater war. Die Mühlen der Behörden mahlten langsam, gaben ihrem Antrag aber schließlich statt. Man würde ihr den Namen des Spenders demnächst mitteilen.

Ich hatte im Augenblick keinen Nerv für die Nöte meiner Tochter. Und ihr verständlicher Wunsch verletzte mich schon ein wenig. Doch meine Else-Maus versicherte mir hoch und heilig, dass ich ihr „Papa" bliebe.

„Du hast mich schließlich gewickelt und bis heute ertragen, dafür liebe ich dich", pflegte sie zu sagen, um mich dann zu umarmen und zu küssen. Ich schmolz regelmäßig dahin.

„Schön für dich", hatte ich deshalb nur zerstreut den positiven Zwischenbescheid der Behörde kommentiert. Ich war zu vertieft in die Vorberichte zum anstehenden Prozess. Morgen sollte es so weit sein. Ich würde hingehen, in der hinteren Reihe sitzen und genüsslich zuhören, wie Jürgen verurteilt würde. Hoffentlich zu lebenslänglich, auch wenn das nur 15 Jahre wären. 15 Jahre Gefängnis gegen mein zweitrangiges Leben auf der untersten Stufe der Justizhierarchie. Was wäre das schon? Aber vielleicht könnte ich aufstehen und klatschen?

***

Der Tag der Verhandlung lief wie erwartet. Ich hatte mir extra am Nachmittag frei genommen. Gespannt verfolgte ich den Prozess. Die Verteidigung plädierte schwach, wie ich fand. Sprach von einem reinen Indizienprozess, erwähnte einen nicht gefundenen Zeugen, dessen glühende Zigarette der Angeklagte gesehen haben wollte. Die Polizei hatte ihn aber nicht ermitteln können. Jürgen U. wurde wegen Mordes zu lebenslanger Haft verurteilt. Ich verkniff mir schweren Herzens eine öffentliche Beifallsbekundung. Ganz gegen meine Gewohnheit ging ich auf dem Weg nach Hause in eine Kneipe und trank dort drei Bier. Zuhause angekommen, öffnete ich beschwingt die Wohnungstür.

Else kam mir freudestrahlend entgegengelaufen, schwenkte ein Schreiben in der Hand und rief: „Papa, ich weiß jetzt endlich, wer mein biologischer Vater ist. Ich bin so glücklich. Ich muss ihn unbedingt bald kennenlernen."

„Ist ja wunderbar für dich, mein Kind", antwortete ich ebenfalls bestens gelaunt.

„Lass mich erst meinen Mantel ausziehen, Else-Maus."

Dann las ich, was die Behörde meiner Tochter mitteilte:

„Im Auftrag der Fa. SBD teilen wir Ihnen den Namen des für die Spende Nr. 787866787 registrierten Spenders mit. Es ist ein gewisser Jürgen Unmann, wohnhaft in …"

Zeit zu verschenken.

Der alte Mann stand mit seinem Schild einsam in der Halle des Flughafens. „Zeit zu verschenken" war darauf zu lesen. Geschrieben in ungelenker Handschrift mit Großbuchstaben. Er war im Rentenalter, trug eine graue Cordhose, ein grünes Hemd und eine rotbraune Weste. So eine, in der sich Touristen oft als Globetrotter fühlen, wenn sie dazu noch ein Fernglas in der Hand tragen. Freundlich erwiderte er jeden achtlosen Blick, der ihn traf.

Die meisten eilten an ihm vorbei, ohne ihn wahrzunehmen. Ein Mann mittleren Alters blieb aber stehen, lehnte sich auf seinen Rollkoffer und schnaubte verächtlich: „Was ist das für ein Unsinn? Niemand hat Zeit zu verschenken."

„Sie vielleicht nicht, ich schon", antwortete der alte Mann mit sanfter Stimme.

„Wie soll das aussehen? Geben Sie mir einen Zettel mit, auf dem steht: ‚Eine Stunde 15 Minuten als Geschenk für Herrn Soundso.' Und ich habe dann fünfundsiebzig Minuten länger Zeit, um zu arbeiten?"

„Nein, mein Herr. Das widerspräche den Naturgesetzen. Die kann ich nicht verändern."

„Aha, also eine Luftnummer?"

„Falsch, mein Herr. Zeit beschreibt die Abfolge von Ereignissen. Ist physikalisch unumkehrbar. Aber Zeit hat auch eine subjektive Dimension."

„Sie meinen die Relativitätstheorie? Ich renne mit Lichtgeschwindigkeit und altere langsamer?"

„Nein, das meine ich nicht."

„Sie meinen doch nicht etwa die Zeit, die mir jetzt hier mit Ihnen verloren geht? Die können Sie geschenkt haben", schnaubte der Mann und ging hastig weiter.

Der alte Mann lächelte in sich hinein und sah weiter den Menschen zu, die mit Koffern und Handys am Ohr vorbeihuschten.

Eine junge Frau trat an ihn heran. Sie führte ein kleines Mädchen an der Hand. „Sie wohnen doch in der Wilhelmstraße, richtig?"

„Ja", antwortete der Mann mit dem Schild und lächelte. Er kannte die Frau vom Sehen.

„Haben Sie einen Moment Zeit?", fragte sie.

„Natürlich, ich schenke Ihnen gern etwas Zeit."

„Steht ja auch auf Ihrem Schild. Jetzt hab ich es gelesen. Ich muss mal wohin. Können Sie solange auf meine Tochter aufpassen?"

„Gern."

„Du bleibst bei dem Mann, bis ich wiederkomme. Es dauert nur ein paar Minuten."

Die Kleine nickte und fasste den alten Mann an der Hand. „Ich bin Jessica, und wer bist du?"

„Ich bin Karl. Wie alt bist du?"

„Fünf. Ich komme im nächsten Jahr in die Schule."

„Oh, das ist aber schön."

„Was steht da auf dem Schild, das du in der Hand hast?

„Da steht: ‚Zeit zu verschenken.'"

34

Jessica dachte einen Moment nach und sagte dann: „Puppen, Lego, Malbücher, Anziehsachen habe ich schon geschenkt bekommen. Zeit noch nie. Wie sieht Zeit denn aus?" Schnell fügte sie hinzu: „Ich weiß ... wie eine Uhr, oder?"

„Die Uhr sagt nur, wie spät es ist. Die Uhr ist nicht die Zeit:"

„Was ist denn dann die Zeit, Karl?", fragte Jessica ungeduldig.

Karl dachte einen Augenblick nach.

„Die Zeit sind schöne Augenblicke im Leben, Jessica."

„Also wenn ich ein Eis esse oder mit Papa ,Mensch ärgere dich nicht' spiele und gewinne?"

„Ja, das kann man sagen."

„Aber wenn ich verliere, nicht mehr? Oder wenn Mama mich schimpft?"
„Das stimmt."

„Wenn Mama schimpft, ist das dann keine Zeit?"

„Nicht die Zeit, die ich meine."

Jessica dachte einen Moment nach. Dann fragte sie: „Es gibt also gute und schlechte Zeit?"

„Ja."

„Und welche verschenkst du?"

„Die gute."

Jessica machte ein nachdenkliches Gesicht und sagte: „Ich würde die schlechte verschenken, die macht doch sowieso keinen Spaß."

„Daran hatte ich auch gedacht, als mir die Idee kam. Aber die Menschen sollen sich doch über ein Geschenk freuen, nicht ärgern."

„Da hast du auch wieder recht. Hast du schon viel verschenkt?"

„Nein, bisher wollte niemand etwas geschenkt haben."

„Dann bin ich die Erste, die von dir ein bisschen Zeit geschenkt haben will. Wie geht das?"

„Ganz einfach: Ich unterhalte mich mit dir, höre dir zu, erzähle dir etwas, wenn du willst ..."

„Und du passt auf mich auf?"

„Ja."

„Hm. Dann hast du Mama ja auch Zeit geschenkt?"

Die Mutter kam zurück.

„Mami, Mami, Karl hat mir Zeit geschenkt und dir auch."

Die Mutter schaute verständnislos ihre Tochter an und sagte: „Komm, Jessica, wir müssen weiter." Zu Karl sagte sie. „Vielen Dank, dass Sie auf meine Tochter aufgepasst haben. Auf Wiedersehen."

„Nur keine Eile, lassen Sie sich ruhig Zeit mit dem Wiedersehen", antwortete Karl gut gelaunt. „Es hat mir Spaß gemacht, mit Jessica zu plaudern. Sie ist aufgeweckt."

Zwei Herren in der Uniform des Sicherheitsdienstes näherten sich mit schnellen Schritten. „Hier in der Halle sind Demonstrationen verboten", sagte der eine zu Karl und zeigte auf das Schild, das er wieder hochhielt.

„Ich demonstriere nicht. Ich verschenke nur Zeit."

„Verkaufen ist auch verboten", sagte der zweite.

„Ich verkaufe nichts."

„Aber Sie halten ein Schild in die Höhe, wie Reklame. Das ist hier untersagt!"

„Ich tue niemandem etwas und ich sehe nirgendwo angeschlagen, dass es verboten ist, Zeit zu verschenken." Karl schaute sich suchend um.

„Drehen Sie mir nicht das Wort im Mund herum, dafür haben wir keine Zeit", sagte der erste der Sicherheitsleute ärgerlich und machte einen Schritt auf Karl zu.

Der hielt sein Schild fester und sagte: „Soll ich Ihnen dann ein bisschen Zeit schenken? Deswegen stehe ich ja hier."

„Hören Sie, guter Mann. Auf den Arm nehmen kann ich mich alleine", sagte der zweite Sicherheitsmann. Er griff sich das Schild, sein Kollege fasste Karl am Arm und sagte: „Kommen Sie, es ist Zeit zu gehen."

Was ist denn so schlimm daran, Zeit zu verschenken?, dachte Karl und schüttelte den Kopf, als sie ihn aus der Halle zerrten.

Von Nummer 1 bis 33.

Er fühlte sich verkleidet. Sein Inneres wehrte sich gegen den Anzug und den Kurzhaarschnitt à la „Schwiegermutters Liebling", den ihm der Friseur mühsam aus seinen wilden Alltagszotteln modelliert hatte. Er würde das erste Mal vor fast tausend Menschen sprechen! Das ungewohnte Tuch spannte über dem Bauch. Nicht zu sehen hinter einem Rednerpult. Weißes Hemd mit goldenen Manschettenknöpfen, einfarbige rote Krawatte auf Rat eines Freundes hin, der ihm auch den Rednerlehrgang empfohlen hatte. Exakt dreieinhalb Zentimeter Manschetten ragten aus den Ärmeln. Das Thema des Vortrags: „Der Einfluss der Ingenieure auf die Geschichte Berlins." Dass man ausgerechnet ihn zu dem Kongress in die Hauptstadt eingeladen hatte ... Ihn, der sich doch in seinem Frankfurter Wissenschaftskokon am wohlsten fühlte. Die Nervosität ließ nicht nach. Er glaubte zu riechen, dass er schwitzte. Immer wieder wischte er seine feuchten Hände an den Hosenbeinen ab.

„Komm'n Sie, Herr Doktor", sagte der kleine Mann in der Livree, öffnete die Tür und nickte ihm zu.

Er blickte auf den Saaldiener hinunter und ging so gefasst wie möglich los. Auf das Pult zu, das einsam im Licht eines Scheinwerfers auf ihn wartete. Das Mikrofon auf dem Schwanenhals schien belustigt in sein aufgewühltes Inneres zu blicken.

Ruhig bleiben, dachte er.

Er verbeugte sich tief, schloss die Augen, sein inneres Ohr genoss höflichen Begrüßungsapplaus. Der letzte Schritt zum Pult. Sein rechter Schuh war dreckig. Hinter dem Pult würde das niemand sehen. Er stand nun am richtigen Platz, zog das Mikrofon zu sich heran und reckte sich. „Ein Kerl wie ein Baum und ein krummer Rücken! Das geht gar nicht", hatte der Rhetoriklehrer betont.

Meine Güte, ist der Saal riesig!

Die handtellergroßen, grauen Karteikarten zappelten in der Jackentasche. Alle mit der Hand beschrieben, damit der Inhalt besser im Gedächtnis haftete. Auf jeder eine Zahl, mit roter Tinte eingekreist. Von Nummer 1 bis 33 würde der Vortrag dauern. Eine Dreiviertelstunde, mit der Stoppuhr vor dem Spiegel gemessen.

Hol die Karteikarten aus der Jacke!

Er tat es. Weiße Fingerknöchel klammerten sich am Pult fest. Der niedrige Stapel Notizen warf fast keinen Schatten. Kärtchen Nummer 1 schaute ihn erwartungsvoll an.

Tief durchatmen!

Mit Mühe löste er die rechte Hand vom Pultrand und nahm das graue Stück Karton hoch. Der Kloß im Hals ließ quälende Sekunden lang keinen Laut über seine Lippen kommen. Erwartungsvolle Stille schien ihn einmauern zu wollen. Kurz bevor sich die Mauer schloss, hob er den Kopf und presste den ersten Satz hinaus: „Sehr geehrter ... Herr Oberbürgermeister." Seine Ohren erschraken vor dem belegten Krächzen der eigenen Stimme. Er räusperte sich.

„Ent ... schuldigung", stammelte er halblaut. Er fing neu an und schaffte die Anfangsadresse stockend, aber fehlerfrei. Jetzt lief es besser. Die Stimme hielt. Die Knie hörten auf zu zittern. Der Vortrag wurde flüssiger.

„Blickkontakt herstellen und halten, wie einen festen Punkt", hatte der Rhetoriklehrer ihm eingebläut. „Möglichst in der Mitte, nicht außen oder ganz vorn." Seine Augen saugten sich an einem Platz fest, mittig – im vorderen Drittel. Der Mann erwiderte seinen Blick interessiert und ernst.

Im Auge behalten und lächeln, wenn es geht. Nicht nur einen. Wechseln!

Seine Augen flogen hin und her. Es ging. Dann kam die schwierige Stelle mit den komplizierten Sätzen, an denen er lange herumgeschraubt hatte, ohne dass sie lesbarer geworden wären. Er spürte kalten Schweiß den Rücken hinunterlaufen. Die Knie wackelten wieder.

Bleib ruhig!

Seine Stimme ging erneut eigene Wege. Grauenvoll! Das Wasserglas – er nahm einen trockenen Schluck. Mühsam und monoton umschiffte er die Klippe der Schwerlesbarkeit bei Karte Nummer 12.

Karte Nummer 16. Es gelang ihm nicht auf Anhieb, sie unter den Stapel zu schieben. Seine zittrige Hand ließ die Kärtchen rutschen, die Hälfte fiel zu Boden.

Oh, Gott, was mache ich jetzt? Abbrechen? Warum habe ich diese Einladung nur angenommen?

Stumm hob er die Karten auf und ordnete sie hastig, so gut es ging. Die richtige Reihenfolge wollte sich nicht mehr einstellen. Endlose Sekunden – oder waren es Minuten? – vergingen. Er spürte die peinliche Stille des Saals unbarmherzig auf ihn eintrommeln.

Warum habe ich nur meine sichere Uni verlassen?

„Zuhörer lieben Redner, die frei sprechen und sich nicht am Pult festhalten", hatte sein Lehrer gesagt.

Soll ich es frei versuchen? Neben dem Pult? Der schmutzige Schuh! Egal! Wovor habe ich eigentlich Angst? Er richtete sich auf, suchte den Fixpunkt im Saal und begann ab Karte 17 aus dem Gedächtnis zu referieren. Es klang zunächst holprig, besserte sich dann aber mit jedem vollendeten Satz. Sein geistiges Auge suchte den Inhalt der Kärtchen im Nebel seines Gedächtnisses – mit Erfolg.

„Gesten! Mit Gesten die Sätze zu Leben erwecken", dieses Mantra der Rhetorik flammte kurz vor seinem inneren Auge auf. Er fing sich. Fand Bruchstück für Bruchstück seines Vortrags. Er verhedderte sich nicht. Sprach langsam. Betonte mit den Händen. Es dauerte drei bis vier Kärtchen, dann lief es, als hätte er den grauen Kartonstapel noch vor sich liegen.

Ruhig zu atmen versuchen, konzentrieren, langsam reden.

Der Coach hatte recht gehabt. Er schloss die Augen für anhaltenden inneren Applaus. Die

Betonungen der Wörter und die Pausen gefielen ihm auf einmal selbst. „Pausen an den richtigen Stellen machen eine Rede erst wirklich gut", hatte der Lehrer gepredigt. Er wurde lockerer, dachte – bei Karte Nummer 25 oder 26 – sogar darüber nach, ob er anschließend Fragen zulassen sollte.

Ich mache es abhängig vom Schlussapplaus.

Der graue Kartenstapel im sich lichtenden Gedächtnisnebel wurde schließlich immer flacher. Plötzlicher Beifall unterbrach seine Rede. Dr. Schneider, der Therapeut, war aufgestanden und eilte applaudierend zu ihm hoch zum Pult. „Großartig, ganz großartig, Dr. Scheumann. So bekommen Sie Ihre Sprechangst nach und nach in den Griff. Ich bin sicher, in ein, zwei Monaten können wir die Therapie beenden und Sie können dann im nächsten Jahr nach Berlin zu dem Kongress fahren."

Schwein gehabt, Jack.

Seit Jack arbeitslos war, brandeten Wellen der Langeweile gegen die Ufer seiner inneren Trostlosigkeit. Wie jeden Tag schlurfte er auch an diesem Morgen durch die Straßen. In der Tasche der zerschlissenen Jacke drehte er zwischen Daumen und Zeigefinger seine letzten zwei Münzen und kickte missmutig eine leere Bierdose aus dem Weg. Sie knallte gegen einen Papierkorb. Im Weitergehen fiel sein Blick auf etwas am Boden – ein Autoschlüssel. Einer der modernen, mit integrierter Fernbedienung, BMW-Logo.

Könnte für einen richtig Großen sein. Wow, so einen fahren, das wär's. Was tun? Abgeben beim Fundamt?

Jack liebte Autos, besaß einen Führerschein, aber kein Gefährt. Mit diesem Schlüssel könnte er die Phalanx der ihm verwehrten Großkutschen endlich einmal aufbrechen. Er entschied: *Wenn ich den zugehörigen Wagen in zehn Minuten nicht gefunden habe, bringe ich den Schlüssel zum Fundamt. Die Dinger sind teuer, da gibt es wenigstens noch Finderlohn.*

Gesagt, getan. Enttäuschend, dass ihn zunächst alle geparkten BMWs in der Nähe ignorierten. Dann endlich eine Reaktion.

Starke Kiste. Vor einem Haus abgestellt, an dem gebaut wurde. Über 300 PS. Getönte Scheiben. *Der schreit nach einer Spritztour!*

Ein Mann stand neben dem Auto, telefonierte. Er drehte sich zu Jack um, als das Funksignal die Lampen des Wagens kurz aufblinken ließen. Es gab nun kein Zurück mehr! Ohne zu zögern, ging Jack auf das Auto zu und stieg wie selbstverständlich ein. Der Automatikhebel, das großartige Display – er atmete tief durch. Auf dem Beifahrersitz eine Sporttasche, halb offen, mit Trainingszeug. Ein Namensschild: Maggie Malcolm, 36, Ferry Rd., Kensington. *Danke, Mrs. Malcolm, dass ich mir Ihr Auto ausleihen darf. Ich gebe es anschließend ganz sicher zurück.* Er drückte den Startknopf.

Es war wie im Traum. Schnell ließ er bewohnte Viertel hinter sich und rauschte auf die M40. Im Fach unter dem Radio erkannte er eine zusammengeknüllte 20-Pfund-Note an der Farbe. Sein Hochgefühl stieg noch weiter. Das Auto fuhr sich großartig. 250 Sachen ließen ihn die fehlende Arbeit und sein chronisch leeres Portemonnaie vergessen.

***

Maggie summte eine Melodie, während sie das Essen vorbereitete. Sie würden bald kommen. Der Küchenfernseher lief nebenbei. Der Lokalsender berichtete gerade von einem Unglück in der Nähe. Ein Baukran hatte eine Ladung Steine verloren. Die waren so unglücklich gefallen, dass zwei Stockwerke frischer Mauer mitgerissen wurden und auf Gehweg und Straße vor dem Neubau stürzten. Ob Verletzte oder Tote zu beklagen seien, wäre noch ungewiss, hieß es. Maggie konnte mit halbem Auge auf dem

Bildschirm nur schemenhaft einen Haufen Steine, Mauerwerk und eine Staubwolke ausmachen. Dazu noch Rettungswagen und Feuerwehrleute, die hektisch in dem Berg wühlten. *Mein Gott*, dachte sie, *Pfusch am Bau gibt es also bei uns auch. Die armen Menschen. So ein Unglück.* Sie summte weiter die Melodie des Liedes, dessen Titel ihr nicht einfallen wollte, während sie Gemüse putzte.

Das Telefon klingelte.

„Maggie Malcolm am Apparat"

„Spencer Hospital, Kensington. Schwester Thelma. Sind Sie verwandt mit Robert Muller?"

„Ja, bin ich. Das ist mein Vater. Hospital? Was ist mit ihm?"

„Beruhigen Sie sich, Mrs. Malcolm. Ihr Vater liegt hier mit einem schweren Herzinfarkt, aber ..."

„Mein Gott! Und meine Tochter? Was ist mit meiner Tochter?"

„Ihre Tochter? Ihr Vater ist in der Ebrington Road zusammengebrochen. Man hat ihn hierher gebracht. Es geht ihm ..."

„Er war nicht allein. Um Gottes willen, er war mit Tina unterwegs. Sie ist fünf Monate alt."

„Tut mir sehr leid. Wir wissen nichts von einer Tina."

„Kann ich meinen Vater sprechen? Wo liegt er?"

„Sie können es versuchen, wir haben aber auch noch nicht mit ihm reden können. Auf Station III."

„Ebrington Road ... ist das nicht dort, wo eben das Unglück passiert ist?"

„Stimmt. Wir haben schon zwei Verletzte reinbekommen."

Maggie legte ohne Gruß auf und rannte zur Garderobe, während sie ein Taxi anrief.

Im Hospital hastete sie zu Station III und fand ihren Vater wach. Bleich wie der Tod konnte er mit den Schläuchen im Körper kaum sprechen. Er stöhnte und Tränen liefen ihm über das Gesicht. Sie fiel vor dem Bett auf die Knie und fragte nur:

„Papa, wo ist Tina? Du hattest sie doch mit."

„Ich glaube ... der große Haufen Steine ... dein Auto ..."

„Papa, wo ist Tina?", schrie sie ihn an. Am liebsten hätte sie ihn geschüttelt.

„Sie war in deinem Auto ..."

„Und wo ist das?"

„Das Unglück ... der große Haufen Steine ..."

„Das ... Auto ... hat ... doch ... nicht etwa ... da gestanden?"

„Ja", röchelte Maggies Vater, und ein neuer Schwall Tränen stürzte ihm aus den Augen.

Maggie schlug die Hände vors Gesicht. „Tina war drin?"

„Ich bin doch ... nur ganz kurz in ... die Apotheke und in den Supermarkt ..."

Maggie stieß einen schrillen Schrei aus und sank vor dem Bett zusammen.

***

„Dann steigen Sie mal aus, junger Mann", sagte der eine Polizist. Der andere hatte die Hand an der

Pistole. „Sie sind ganz schön zügig unterwegs. Führerschein und Fahrzeugpapiere, bitte."

Jack zeigte seinen Führerschein.

„Das ... das Auto ist nur geliehen. Ich wollte es gerade zurückbringen."

„So, so. Und wohin wollten Sie es bringen, Mr. ... Hilpert?", fragte der erste Polizist und reichte den Führerschein an seinen Kollegen weiter.

Glücklicherweise fiel Jack die Adresse des Namensschilds an der Sporttasche wieder ein.

„In die Ferry Road in Kensington, zu Mrs. Maggie Malcolm."

„So, so. Wirklich?"

Der zweite Polizist ging mit dem Führerschein ein paar Schritte zur Seite und sprach eifrig in sein Funkgerät.

„Was ist das für ein Geräusch?", fragte der erste Polizist.

Jack hörte es auch, ein leises Greinen. Ihm brach der Schweiß aus. „Ich ... ich weiß nicht."

„Was haben Sie denn im Auto? Man sieht ja nichts durch die Scheiben. Machen Sie mal hinten auf."

„Ich, nein ... vielleicht ..."

„John, kommst du mal?" Der erste Polizist hatte eine der hinteren Türen aufgemacht.

Er griff hinter den Beifahrersitz und hob eine schwarze Babyschale mit einem schreienden Baby heraus.

„Ist das Ihr Kind?"

„Nein ... Mrs. Malcolm ..."

„Ach, sie leiht Ihnen das Auto mit dem Kind drin?"

Jack stand zitternd und mit hängenden Schultern neben dem Auto. Die Spritztour hatte er sich ganz anders vorgestellt. Aber es ging bei ihm eben alles schief. *Seit ich meinen Job verloren habe, trete ich nur noch in die Sch...*

Die Polizisten besprachen sich mit ihren Funkgeräten am Ohr. Nach einigen Minuten kam der zweite Polizist auf ihn zu, schaute grimmig und sagte: „Ich glaube, da haben Sie riesigen Mist gebaut. Immerhin liegt sonst nichts gegen Sie vor, Mr. Hilpert. Aber das hier reicht ja auch schon."

„Einsteigen", sagte der erste Polizist in strengem Ton. Der zweite holte das Baby.

„Das Auto?"

„Lassen Sie das mal unsere Sorge sein. Nun steigen Sie schon ein!"

Jack ergab sich seinem Schicksal und ließ sich hinten auf die Sitzbank fallen.

Der eine Polizist schaffte es irgendwie, das Kind zu beruhigen, indem er es hin und wiegte und dabei leise summte.

Keine Handschellen, immerhin.

Die beiden Streifenpolizisten schwiegen während der Fahrt. Nachdem sie einige Polizeistationen passiert hatten, ohne anzuhalten, fragte Jack:

„Wohin bringen Sie mich denn?"

„Werden Sie schon sehen", brummte der erste Polizist.

Sie kamen in die bessere Gegend. Jack erkannte das Straßenschild „Ferry Rd." und rief entsetzt: „Sie bringen mich doch nicht etwa zu Mrs. Malcolm?"

„Genau dahin, Freundchen, genau dahin. Die will ja auch ihr Baby zurück", sagte der zweite Polizist.

Jack sank in sich zusammen.

Wenig später hielt der Streifenwagen.

„Aussteigen! Wir sind da."

Jack lugte aus dem Auto. *Ein schönes Haus.*

„Komm schon, nicht so langsam. Wir haben nicht ewig Zeit."

Der erste Polizist ging mit dem Baby an die Tür und klingelte. Als die Tür aufging, fragte er: „Mrs. Malcolm?"

„Ja, die bin ... Mein Gott, Tina, ich bin so froh, dass du wieder da bist."

Sie riss ihm die Babyschale aus der Hand.

„Da ist er", sagte der erste Polizist.

Jack versuchte sich hinter dem zweiten Polizisten zu verstecken. Der gab ihm aber einen kräftigen Schubs. Mit zusammengekniffenen Augen stand er Mrs. Maggie Malcolm gegenüber und erwartete das Allerschlimmste, schließlich hatte er ...

Sie sagte sanft: „Gleich, Tina-Mäuschen, gleich ist Mama für dich da", und reichte die Babyschale dem Polizisten zurück. Dann machte Maggie einen Schritt auf Jack zu, holte aus und verpasste ihm eine Ohrfeige, die sich gewaschen hatte.

„Das ist für den Ausflug mit meinem Auto und meinem Kind!"

Jack hielt sich die Wange und murmelte: „Aber ich habe doch nur den Schlüssel ... Und das Kind, das habe ich nicht gesehen. Ich wollte nur mal ...“

„Ich bin noch nicht fertig!“ Sie machte noch einen Schritt, fing plötzlich an zu schluchzen, fiel ihm um den Hals, gab ihm einen Kuss und stammelte: „Und das ist dafür, dass Sie meinem Baby das Leben gerettet haben.“

Jack verstand nicht. Wusste nicht, wie ihm geschah.

Die Polizisten grinsten und sagten wie aus einem Mund: „Schwein gehabt, Jack!“ Dann setzten sie sich in den Streifenwagen, nachdem Maggie mehrfach versichert hatte, sie würde ihre Aussage, das Auto samt Tochter an Mr. Jack Hilpert verliehen zu haben, morgen gerne auf dem Revier unterschreiben.

Folter im Paradies.

„„Was wäre das Leben ohne ein Quäntchen Spannung?', so fängt doch Ihr Bestseller ‚Folter im Paradies' an, oder?"

Arno Haller nickte und sagte: „Das ist richtig." Er schwitzte stark. Der bekannte Literaturblogger Jan Klever befragte ihn in Pulli und Jackett. Die Julihitze schien Klever nichts auszumachen.

Dem ersten Impuls, die Einladung zu einem Interview-Wochenende in Buxtehude abzulehnen, hatte Haller nicht nachgegeben. Sein Agent hatte — ebenso wie seine Frau und seine Schwester — dazu geraten zuzusagen, obwohl er wenig Lust verspürt hatte, sich mit so einem neunmalklugen Besserwisser rumzuschlagen. Doch Blogger erreichten junge Leser und seine letzten Bücher waren zuletzt eher liegen geblieben. Der Name „Haller" stand für einen Bestseller, mit dem seine Karriere begonnen hatte, sowie für weitere zehn, nur mittelmäßig erfolgreiche Romane, die aber nicht an den Erstling heranreichten. Der Autor zehrte immer noch vom Erfolg seines Debütromans.

Nach einstündiger Fahrt vom Flughafen Fuhlsbüttel durch die Pampa — durchgeschüttelt in einem uralten Courtesy-Car — saß er nun in einem Zimmer, das seine beste Zeit hinter sich hatte. Der Hotelname „Paradies" machte den äußeren Eindruck des Hotels auch nicht wett. *Blogger können sich sicher nichts Besseres leisten*, dachte Haller. Er war anderes gewöhnt. Doch wie gesagt, der Agent …

Haller hasste Schweißflecken, glaubte zu fühlen, dass sie sich ausbreiteten. Die Klimaanlage würde nicht gleichmäßig funktionieren, hatte man sich an der Rezeption bereits im Vorfeld entschuldigt. Der Reparaturservice sei beauftragt.

Es ist ja bloß für eine Nacht.

Der Autor nahm einen Schluck vom eisgekühlten Drink, den er sich bestellt hatte. Klever trank einen Kaffee.

Ich werde es aushalten, irgendwie.

„Darf ich fragen, wie Sie auf diesen Satz gekommen sind?", fragte Klever weiter.

Nicht mal das weiß dieses Bürschchen. Habe ich hunderte Mal in Interviews erzählt. Jackett bei der Hitze, aber nicht recherchieren, bevor er einen Erfolgsautor wie mich befragt.

Haller wischte sich über die feuchte Stirn, beugte sich vor und sagte: „Junger Mann, vor zwanzig Jahren veranstaltete Verlag Top-Books einen Wettbewerb. Man sollte eine Kurzgeschichte oder einen Romananfang einreichen, dreißigtausend Zeichen maximal. Einzige Bedingung: Dieser Satz musste am Anfang stehen."

Haller lehnte sich zurück, verschränkte zufrieden die Arme und verfluchte innerlich die Hitze.

„Aha. Sie haben sich dann also hingesetzt und losgeschrieben?"

Oh, Gott, Mann ...

„So leicht geht das nicht, Jan. Ich darf doch Jan zu Ihnen sagen?"

„Jepp", sagte der Blogger und nahm einen Schluck aus der Kaffeetasse.

Soll wohl „Ja" heißen.

„Hat schon seine Zeit gebraucht."

„Okay. ... Sie haben dann einen Romananfang abgeliefert, richtig?"

„Ja, für ,Folter im Paradies'. Da bin ich stolz drauf."

„Dürfen Sie auch. Liest sich atemberaubend."

Na, endlich, geht doch.

„Danke."

„Sie haben den Wettbewerb gewonnen und eine volle Dröhnung Verlags-Support für Ihren Roman erhalten."

„Wenn Sie das so nennen wollen. Coaching, Lektor, Korrektor, Coverdesign, Satz, PR und noch mehr."

Klever nickte, schrieb eifrig mit. Dann hob er den Kopf und fragte geschäftsmäßig: „Der Wettbewerbsbeitrag umfasste zwanzig Seiten, der Roman mit knapp dreihundertundfünfzig Seiten war acht Wochen später fertig. Richtig?" Haller nippte in immer kleiner werdenden Abständen an seinem Drink, der langsam warm wurde.

Das Eis ist gleich weg.

„Hmm", fuhr Klever fort, „das ist wirklich schnell." Er dehnte jedes Wort und fragte: „Lag das Manuskript vielleicht schon fertig in der Schublade?"

„Wie kommen Sie denn darauf?"

Klever sagte beiläufig: „Na, die Geschwindigkeit, mit der Sie geschrieben haben. So viel in so kurzer Zeit ist eher ungewöhnlich."

„Ich bin schnell, Jan. Ich sprudle aufs Stichwort los."

„So, so." Klever lehnte sich zurück, dann beugte er sich vor und die nächste Frage kam wie ein Peitschenknall: „Weshalb lagen dann fast sechs Jahre zwischen ‚Folter im Paradies' und dem nächsten Buch?"

Bevor Haller antworten konnte, klingelte Klevers Handy.

„Sorry", murmelte der Blogger, „da muss ich kurz rangehen." Er erhob sich, ging in den Flur und zog die Zwischentür hinter sich zu.

Komische Frage. Und dieser Ton! Thema des Interviews sollte doch mein neues Buch sein?

Haller nutzte die Pause und suchte das Bad auf.

Ganz schön heruntergekommen wie alles hier. Dieses Grün, fürchterlich. Na ja, immerhin läuft klares Wasser.

Er trat zurück ins Zimmer und hörte durch die Tür Klever telefonieren.

Dann könnte Haller ja kurz noch mit seiner Frau Stella reden, vorhin im Auto hatte er keinen Empfang gehabt. „Altes Auto. Dickes Blech", hatte der Fahrer genuschelt. Aber auch jetzt zeigte das Handy „Kein Netz".

Seltsam. Wie vorhin in der Pampa. Nehm' ich eben das Festnetz.

Er hob den Hörer ans Ohr.

Tot. Kein Amt. Was ist denn hier los? Ich gehe zur Rezeption, da muss es ein funktionierendes Telefon geben.

Er drückte die Klinke der Zwischentür hinunter und merkte, dass sich die Tür nicht öffnen oder bewegen ließ.

Nanu? Wie das? Was läuft denn hier?

Er rüttelte am Griff. Ohne Erfolg.

Ist der Blogger weg und hat abgeschlossen?

Sein Herz schlug schneller.

Bin ich eingesperrt? In dieser gottverdammten Gegend in diesem gottverdammten Hotel ohne Telefon?

Ha!, schoss es ihm durch den Kopf, *mein Laptop!* Er zerrte ihn aus dem Koffer, startete Skype.

Kein WLAN! Verfluchte Scheiße!

Sein Puls spielte verrückt. Er fühlte, wie er unkontrolliert atmete und sich die Schweißflecken ausbreiteten. Er setzte sich aufs Bett, um sich zu beruhigen.

Klever kommt gleich zurück. Bleib ruhig, Arno. Es gibt sicherlich für alles eine Erklärung.

Aber tief im Innern wühlten Unsicherheit und Angst.

Habe ich überhaupt andere Gäste gesehen?

Er erinnerte sich nicht.

Die Leute an der Rezeption – sahen die aus wie Hotelangestellte?

Das Courtesy-Car war jedenfalls echt, hatte nach hundert Jahren Transportgeschichte gemüffelt.

Haller stand auf, fing unwillkürlich an, im Kreis zu gehen. Er zog nervös an seinen Fingern, ließ die Knöchel knacken. Plötzlich sprang er die drei Schritte zur Zwischentür, hämmerte mit den Fäusten dagegen und schrie: „Hilfe! Hört mich jemand? Ich bin eingesperrt, ich will raus!"

Nichts geschah, kein Geräusch. Nicht der kleinste Anflug einer Schallwelle aus dem Innern des verrotteten Gebäudes. Er trat mit den Füßen gegen die Wände der Nebenzimmer, bis die Zehen schmerzten. Niemand rührte sich nebenan.

„Verflucht! Ist denn hier niemand?", brüllte er aus vollem Hals und war nahe daran, in Tränen auszubrechen.

Wo ist dieser verdammte Blogger hin?

Der Schweiß lief ihm nun in Strömen über Rücken und Bauch. Das T-Shirt klebte. Die Klimaanlage wartete offensichtlich immer noch auf den Handwerker.

Sinnlos rumlaufen wie ein Tiger im Käfig. Denk nach, Arno. Denk nach. Was hast du für Optionen?

Er stützte den Kopf in die Hände und schloss die Augen, atmete tief durch. Sein Blick fiel auf etwas Weißes, das unter der Zwischentür hervorlugte.

Ein Umschlag!

Haller stürzte sich darauf wie ein Verdurstender auf die Wasserflasche, riss ihn auf. Ein Zettel. Er las:

„Schreiben Sie auf, wie ‚Folter im Paradies' entstanden ist. Papier und Stifte sind in der Schublade. Sie haben eine Stunde Zeit."

Haller stand da wie vom Donner gerührt.

Was will der von mir? Der Roman ist zwanzig Jahre alt. Zig Artikel sind darüber geschrieben worden. Was soll das?

Mit weichen Knien wankte er zum Schreibtisch, ließ sich in den Drehstuhl fallen. Der ächzte auf wie eine alte Postkutschenfeder. Haller rauschte der Kopf, die Ohren glühten. Ihm wurde schwarz vor Augen und er sackte in sich zusammen.

***

Klever saß hinter der Theke der Rezeption und starrte auf einen Monitor, der den Bestsellerautor bewegungslos auf dem Bett in seinem Zimmer zeigte. Das Lämpchen an der Kontrollbox für den Störsender in 317 zeigte Grün.

„Hast du alles?", fragte Klever seinen Kumpel Peter.

„Ja, Laptop, Handy und Kreditkarten, wie du gesagt hattest. Hab ihn noch aufs Bett gelegt. Nassgeschwitzt wie ein Schwein, der Kerl."

„Schweine schwitzen nicht, Peter", sagte Klever und schaltete den Störsender aus, der seinen Zweck erfüllt hatte. „Okay, Peter. Pass auf. Morgen Früh um sieben setzt du dich ins Courtesy-Car, schaltest das Handy ein und fährst zum Hauptbahnhof. Geh auf keinen Fall ran, falls es klingelt. Du kaufst eine Fahrkarte nach Mailand oder eine Stadt sonst wo in Italien und bezahlst mit einer von Hallers Kreditkarten. Dann schaltest du das Telefon wieder aus. Wirf es weg, am besten in die Alster. Anschließend kommst du wieder her."

„Okay, wird erledigt", sagte Peter. „Und was machst du jetzt?"

„Ich warte hier, bis er wach wird."

„Gut, bin weg."

***

Klever war zufrieden mit sich. Alles lief nach Plan. Er erinnerte sich an das letzte Gespräch mit Verena Lind, seiner Therapeutin: „Am ehesten helfen Sie sich, wenn Sie genau das tun, was Ihr Vater von Ihnen gewollt hat, Herr Klever", hatte sie gesagt.

„Sie haben sich die Videos angesehen?", fragte Klever die Therapeutin.

„Ja. Starker Tobak. Ich meine vor allem das, auf dem er seinen eigenen Tod aufgenommen hat."

„Damit haben meine Probleme begonnen. Ich hätte seinen Brief mit dem ersten Video nicht monatelang liegen lassen dürfen. Als mich die Polizei über Vaters Tod informiert und mir die Kamera übergeben hat – das war ein Schock. Hätte ich seinen Hilferuf gleich bemerkt, wäre es sicher nicht zu seinem Selbstmord gekommen."

Klever vergrub das Gesicht in seine Hände.

Die Psychologin fasste ihn am Arm und sagte sanft: „Ich kann es nachvollziehen. Aber glauben Sie mir, bringen Sie diesen ... Haller dazu, sich vor Zeitungsleuten und laufender Kamera zu seinem Tun zu bekennen, das wird Sie befreien."

„Sie meinen, die Albträume sind dann vorüber?"

„Vielleicht nicht sofort, aber der innere Druck wird in jedem Fall abnehmen."

Sie ließ seinen Arm los.

Sie sprachen noch einige Minuten über seine Medikation, dann sagte Klever: „Danke, Frau Lind", stand auf, um zu gehen.

„Wollen Sie den Stick mit den Videos nicht zurück?"

Klever lächelte und sagte: „Doch. Natürlich."

***

Haller fühlte sich benommen, alles klebte an ihm und er musste den widerlichen Geschmack aus dem Mund spülen.

Irgendwas haben sie mir in den Drink gemixt.

Schlagartig trat ihm seine Situation wieder vor Augen. Er hatte Hunger, spürte Kampfeswillen.

Der Blogger! Das schreckliche Hotel! Eingesperrt! Der Umschlag mit dem Zettel! Er suchte das Handy – unauffindbar. Sein Laptop – weg. Das Festnetztelefon – tot. Er zitterte vor Wut, sprang zur Tür, sie war nach wie vor verschlossen, wollte schreien …

„Guten Morgen, Haller. Gut geschlafen?"

Haller fuhr herum. Die Stimme tönte blechern aus einem knarzenden Lautsprecher in der Decke, der ihm vor seiner Bewusstlosigkeit nicht aufgefallen war.

„Was wollen Sie? Lassen Sie mich raus! Das ist Freiheitsberaubung!"

„Sie haben eine Stunde für Ihre Aufgabe. Die Zeit läuft ab jetzt."

„Und wenn ich mich weigere?"

„Versuchen Sie es. Sie werden sehen, was Sie davon haben." Der Sprecher lachte, es knackte und das Knarzen hörte auf.

Ausgeschaltet! Es ist dieser Blogger, ganz sicher. Ich sitze wie eine Maus in der Falle. Diese Fragen …

Er war zu durcheinander, um klar zu denken.
Begann unwillkürlich wieder im Kreis zu gehen. Die
Aufregung legte sich ein wenig.

*Ich lege mich aufs Bett und tue gar nichts. Was kann
der Typ schon machen?*

Eine Stunde verging, fühlte sich an wie drei.
Nichts geschah, bis sich plötzlich der Fernseher wie
von Geisterhand einschaltete. Das Bild zeigte einen
alten Mann in Hemd und heller Hose, der auf einen
Stuhl stieg, sich einen von der Decke baumelnden
Strick um den Hals legte und nach vorne sprang.
Ein fürchterlicher Anblick: der zappelnde Körper,
die heraustretenden Augen, die aus dem Mund
quellende Zunge, der nasse Fleck auf der Hose, der
schnell größer wurde. Dazu der zuckende Körper
und das schreckliche Geröchel. Haller konnte
seinen Blick von dem grausigen Geschehen nicht
abwenden, irgendwie kam ihm der Erhängte
bekannt vor.

Daniel! ... Daniel Keller! Mein Freund, bis ...

Das Bild verschwand und der Monitor zeigte
jetzt kurz eine junge Frau, die er sofort erkannte.

„Manuela! Meine Tochter Manuela! Mein Gott,
was ist mit ihr?", brüllte Haller und ballte die
Fäuste.

Sie saß gefesselt in ihrem Lieblingsjogginganzug
und mit verbundenen Augen auf einem Stuhl in
einem Kellerraum bei spärlichem Licht.

„Haben Sie meinen Vater erkannt, Haller?",
tönte die blecherne Stimme von der Decke.

Es war, als risse man ihm den Boden unter den
Füßen weg. Haller taumelte.

„Du bist, Sie ... Sie sind Daniels Sohn?",
stammelte er.

„Ja."

„Klever? Er hieß Keller!"

„Der Name meiner Mutter."

„Was ... was ist mit ihm?"

„Er hat sich umgebracht. Vor einem Jahr."

„Das ... das ist ja schrecklich. Aber was ist mit
meiner Tochter?"

„Er hat sich wegen Ihnen umgebracht, Haller.
Ihretwegen! Hören Sie selbst."

Müde Augen eines alten Mannes blickten aus
einem eingefallenen Gesicht in die Kamera. Er hatte
fast keine Zähne mehr im Mund, sprach undeutlich.

„Du muss mir helfen, Jan. Helfen wegen Arno
Haller, der mein Leben zerstört hat. Er hat mir vor
neunzehn Jahren mein fertiges Manuskript
gestohlen. Ich wollte an einem Schreibwettbewerb
teilnehmen. Ein Romananfang oder eine
Kurzgeschichte sollte eingesandt werden.
Bedingung: Das Werk musste mit einem
vorgegebenen Satz anfangen. Ich hatte eine geniale
Idee, wie ich auch mit diesem Satz mein bereits
fertiges Manuskript beginnen lassen konnte. Mein
Fehler war, dass ich es meinem ... ‚Freund' Arno
erzählt habe. Er hat mir das Manuskript dann
gestohlen, einfach weggenommen. Ich hatte auf
Papier geschrieben, ohne Kopie. Ich weiß, ich war
ein Idiot. Aber ich bin, wie ich bin. Nach einem
Besäufnis am Abend war das Manuskript
verschwunden, doch Arno schwor Stein und Bein,
er habe es nicht. Ich versuchte nach ein paar

Wochen unnützer Wut alles noch einmal zu schreiben, aber Arno hatte da mein Werk schon als seines eingereicht."

Klevers Vater hielt inne und Haller sah, dass ihm die Tränen über die faltigen Wangen liefen.

„Welch großer Erfolg daraus geworden ist, weißt du ja auch. All meine Versuche, an Arno heranzukommen, schlugen fehl. Ein teurer Anwalt hat nichts getan, außer mir viel Geld abzuknöpfen. Ich hatte keinerlei Beweise. Die Polizei wollte sich nicht einmal mit der Sache befassen."

Der alte Mann seufzte tief und sagte: „Meinen weiteren Lebenslauf kennst du. Ich habe mich vergraben, die Familie verlassen, du warst damals vier Jahre alt. Schreiben konnte ich nicht mehr. Es war, als blockierten die Synapsen, sobald ich ein Blatt Papier vor mir liegen hatte. Nichts, was ich anfasste, wurde ein Erfolg. Ich wollte erst etwas vorzeigen können und dann zu euch zurückkommen. Ich habe dich und deine Mutter vermisst. Ich bin zwar nicht verhungert, aber es fehlte oft nicht viel dazu. Jetzt aber kann ich nicht mehr. Bevor ich gleich meinem Leben ein Ende setze, will ich Rache an Haller. Deshalb habe ich dich gesucht und zum Glück gefunden. Tut mir unendlich leid, dass ich so wenig im Leben für dich getan habe. Es ist vermessen, aber ich habe eine Bitte an dich: Reiße diesem Dieb die Maske vom Gesicht, wenn er wieder einen ‚Erfolgsroman' vorstellen will. Erniedrige ihn vor der ganzen Welt. Er soll vor der Presse bekennen, dass er mein Manuskript gestohlen hat. Das wird schwer, du hast keinen Beweis außer diesen Worten. Danke, mein Sohn. Auf Wiedersehen, vielleicht in einer besseren Welt."

Der Sprecher verschwand und es wurde ein Bild des Erhängten gezeigt.

Haller saß mit hochrotem Kopf auf dem Bett und atmete schwer.

Darum geht es also ...

„Was, was machen Sie mit meiner Tochter?", fragte er tonlos nach oben. Keine Antwort.

„Es tut mir leid, was ich getan habe. Ich wollte das nicht", jaulte er.

„Sie wird leiden wie mein Vater", sagte der Sprecher.

„Was muss ich tun? Nun sagen Sie es mir doch", heulte Haller in die Höhe.

„Schreiben Sie auf, was Sie getan haben. Schnell! Sie sind ja so schnell." Der Lautsprecher knackte mitten im Lachen des Bloggers, danach – Totenstille.

***

Hallers langjährige Freundin Stella saß tief besorgt im Stader Polizeikommissariat und rutschte unruhig auf dem Holzstuhl hin und her.

„Er hat noch nie versäumt sich zu melden, wenn er irgendwo hingeflogen ist", schluchzte sie. „Wenn ich ihn anrufe, ist immer besetzt oder niemand erreichbar."

„Beruhigen Sie sich", sagte Kommissar Fellner und hielt Stella ein Taschentuch hin.

Sie nahm es dankend, schnäuzte sich und fragte: „Was werden Sie tun?"

„Es ist unüblich, so früh Maßnahmen zu ergreifen."

Ein tiefer Schluchzer ließ Fellner schnell nachschieben: „In Ihrem Fall machen wir aber natürlich eine Ausnahme, schließlich ist Ihr Freund ein bekannter Schriftsteller."

Stella nickte dankbar.

„Schreiben Sie mir das Hotel auf und was Sie von der Reise wissen", sagte Fellner.

Stella nickte und schrieb.

„Seine Handynummer nicht vergessen."

Dicke Tränen fielen auf das Papier. Stella musste die Nummer noch einmal hinschreiben. Sie reichte den Zettel dem Kommissar. Er nahm ihn und fragte mitfühlend:

„Soll ich Sie hinausbringen? Ich informiere Sie, sobald wir etwas wissen."

Stella nickte stumm, gab dem Kommissar die Hand und verließ den Raum.

„Klaus, komm doch mal her. Ich habe einen Job für dich. Überprüfe die Angaben und gib mir Bescheid. Bald", rief Fellner ins Nebenzimmer.

Zwei Stunden später erstattete ihm der Kollege Bericht: „Arno Haller ist am 17. Juli von München nach Hamburg geflogen, stand auf der Passagierliste. Sein Handy hat sich nach der Landung kurz eingeloggt, dann wurde es wieder ausgeschaltet. Ein Fahrzeug des Hotels ‚Paradies' hat ihn nach Buxtehude in eben dieses Hotel transportiert, er hat im Zimmer 317 eingecheckt. Er hat dem Literaturblogger Jan Klever ein Interview gegeben. Am nächsten Tag hat er um acht Uhr wieder ausgecheckt, ist mit dem Hotel-Taxi zum Hauptbahnhof nach Hamburg gefahren. Sein Telefon war im Netz, er hat aber nicht telefoniert. Er hat eine einfache Fahrkarte nach Mailand gekauft. Dann ging das Mobiltelefon wieder vom Netz. Wurde seitdem nicht mehr gemessen. Mehr haben wir nicht."

„Hm", sagte Fellner. „Danke. Wenn sie verheiratet wären, würde ich sagen, das klingt nach ehelicher Absetzbewegung, oder?"

„Ja, schon ..."

„Was ist denn noch?"

„Das Hotel – es ist derzeit an eine Filmfirma vermietet und für Gäste geschlossen."

***

„Lesen Sie vor, was Sie geschrieben haben, Haller", erklang es blechern aus dem immer noch knarzenden Lautsprecher.

Haller schluckte noch einmal, dann begann er: „Ich Arno Haller, geboren am 12. Februar 1978, Autor vieler Bücher, bekenne hiermit, dass ich das Manuskript zu dem Roman ‚Folter im Paradies‘ von Daniel Keller gestohlen habe. Keller hat diesen Roman verfasst, er hat auch den Anfang für den Schreibwettbewerb von Top-Books im Jahre 1997 entworfen. Es tut mir leid, was ich getan habe. Wenn ich könnte, würde ich es ungeschehen machen." Er hielt inne, stand auf und fragte angstvoll nach oben: „Reicht das?"

Die Stimme räusperte sich und sagte: „Ich glaube, mein Vater würde es so gut finden."

„Danke. Dann lassen Sie meine Tochter jetzt frei?"

„Alles zu seiner Zeit, Haller. Zuerst müssen Sie das, was Sie da geschrieben haben, vor laufender Kamera einem Reporter der BILD-Zeitung und der ZEIT gegenüber wiederholen."

„Wenn Sie Manuela freilassen, tue ich auch das", sagte Haller und fiel, mehr als dass er sich setzte, erschöpft und den Tränen nahe auf sein Bett.

***

„Du hast also aus Versehen beim zweiten Mal nicht die Rezeption, sondern den Hotelmanager angerufen?", fragte Fellner seinen Kollegen. Sie hatten nur noch wenige Meter bis zum Hotel „Paradies" zu gehen.

„Ja, die Nummern standen untereinander. Ich bin mit der Maus auf die falsche geraten."

„Das war gut. Kommissar Zufall hilft, wo er kann. Sonst hätten wir überhaupt keinen Ansatzpunkt."

Sie erreichten ihr Ziel und musterten das heruntergekommene Gebäude.

„Komischer Treffpunkt für ein Interview mit einem Erfolgsautor. Na ja, jetzt sind wir hier und können das klären", sagte Fellner und drückte die Klingel.

Es dauerte einen Moment, bis jemand öffnete.

„Wir haben geschlossen", sagte die junge Frau, „hier wird ein Film gedreht."

„Wissen wir", sagte Fellner, zeigte seinen Ausweis und schob sich an der Frau vorbei in den Gang. Der Kollege folgte.

„Sie können doch nicht ..."

„Doch, wir können!", unterbrach Fellner die Frau schroff und fragte: „Wo ist Jan Klever, der den Autor Arno Haller hierher eingeladen hat?"

„Ich, ich ...", stotterte die Frau.

„Sagen Sie es uns einfach!"

„Sie, sie ... Ich bin allein. Sie drehen gerade – Außenaufnahmen", brachte sie vor Aufregung kaum heraus.

„Aha, wir möchten uns nur ein bisschen umsehen", sagte Fellner.

„Zimmer 317 zum Beispiel", ergänzte der Kollege.

Wortlos drehte sich die junge Frau um, führte die beiden zur Rezeption und gab ihnen den Schlüssel. Sie schauten sich in 317 um, konnten aber nichts Verdächtiges finden. Auf dem Weg zur Treppe hörten Sie ein dumpfes Geräusch.

Fellner fuhr herum und fragte: „Was war das und von wo kam es? Hier soll doch sonst keiner sein."

Der Kollege zeigte drei Türen weiter. Sie rannten los, zogen ihre Waffen.

***

Klever hatte Haller ins Zimmer 320 geführt. Die Reporter der BILD und der ZEIT kannten den Erfolgsautor und fragten neugierig nach dem Zweck der Zusammenkunft an dem seltsamen Ort. Jan erklärte ihnen, dass Arno Haller eine Erklärung abgeben wolle.

Haller hatte sich den Zeitungsleuten gegenüber gesetzt. Ein Kameramann überprüfte Einstellung und Licht, schaltete noch ein Aufnahmegerät ein.

„Der Text, den ich aufgeschrieben habe?", fragte Haller in Richtung Klever. Die Kamera surrte leise.

„Genau der Text, und dabei in die Kamera schauen", antwortete der Blogger harsch.

Haller räusperte sich zweimal, dann las er den Text vor, den er vorher dem Lautsprecher vorgetragen hatte. Als er fertig war, lehnte er sich erleichtert zurück.

Die Reporter saßen mit offenem Mund da und brauchten einen Moment, bis sie mit ihren Fragen begannen.

„Wieso kommen Sie mit dieser Wahrheit erst jetzt heraus, Herr Haller?", fragte die BILD.

„Ich … ich … mir ist erst jetzt klar geworden, welche Ungeheuerlichkeit ich …", sagte er.

„Mein Vater hat sich deswegen umgebracht, das hat ihn umgestimmt", bellte Klever dazwischen.

„… begangen habe", beendete der Autor den Satz und nickte.

Die Redakteure der BILD und der ZEIT fragten nach Einzelheiten zum Hergang des Diebstahls. Haller antwortete stockend, schwitzte, zitterte, schaffte es kaum still zu sitzen. Dann stand er plötzlich auf und rief: „Es ist auch wegen meiner Toch…"

„Schnitt! Schluss! Aus! Ende!", schrie Klever, sprang auf und warf dabei die Kamera samt Stativ um, dass es dumpf polterte.

„...ter", brachte gerade noch Haller zu Ende.

„Sind Sie wahnsinnig?", brüllte der Kameramann. „Das Ding ist sauteuer." Kopfschüttelnd hob richtete er das Stativ wieder auf.

In diesem Moment flog die Tür auf und zwei Polizisten stürzten mit gezogenen Pistolen in den kleinen Raum.

„Was ist mit der Tochter?", keuchte Fellner.

„Wer von Ihnen ist Jan Klever?", bellte dessen Kollege.

Die Reporter und der Kameramann drückten sich mit erhobenen Händen an die Wand. Die Pistolen verschwanden daraufhin in den Holstern.

Fellner ging auf Haller zu, den er von Bildern her kannte, und fragte: „Sind Sie in Ordnung, Herr Haller?"

„Ja, bin ich. Aber Manuela, meine Tochter ... sie ist in Gefahr. Ich weiß nicht, wo sie ist und wie es ihr geht", stammelte der Autor.

„Ich bin Jan Klever", antwortete der Blogger trocken, „ich kann alles erklären."

***

Stella und ihre Freundin Verena Lind saßen in ihrem Lieblingscafé.

„Beiden ist geholfen", sagte Verena zwischen zwei Bissen Bienenstich.

„Eine geniale Idee", pflichtete Stella ihr bei.

„Ich habe nur meinen Job gemacht", wehrte Verena bescheiden ab. „Jan Klever kam eines Tages zu mir in die Praxis. Er hatte größte Probleme, weil er sich Vorwürfe machte, seinem Vater nicht geholfen zu haben. Jetzt fühlt er sich, als habe er es doch noch getan. Seine Beschwerden hat er im Griff", sagte Verena.

„Einem Vater, der sich fast ein Leben lang nicht um ihn gekümmert hat. Der ihn verlassen hat, als er vier war, und zwanzig Jahre später plötzlich um Hilfe gebeten hat?"

„Kinder-Eltern-Bindungen sind tief und unbewusst", erklärte Verena und fragte: „Wie geht es meinem Bruder Arno?"

„Einfach nur blendend, er schreibt wieder wie ein junger Gott, als hätte er sich mit diesen Sätzen vor der Kamera von seinem Alb und der Erfolglosigkeit befreit", antwortete Stella.

„Ich habe so oft vergeblich versucht, ihm beizustehen. Auch als Psychotherapeutin, nicht nur als Schwester."

„Ich weiß, aber er hat lieber vor sich hin gelitten, als sich helfen zu lassen. Er hatte zu große Angst vor der öffentlichen Schmach und dem Ende der Schriftstellerkarriere."

„Übrigens bringt Klever das Ganze als Film heraus", sagte Verena. „Titel: ‚Die Folter im Paradies-Story'."

„Wird er auch müssen, denn er wird Geld brauchen, um die Forderungen der Polizei zu bezahlen."

„Kann ja so viel nicht sein. Sie haben nur zwei Tage nach Arno gesucht", sagte Stella.

„Gut, dass ich dich eingeweiht hatte, oder?"

„Ja, sonst hätte ich mir ziemliche Sorgen gemacht. Hättest du früher machen sollen, dann wäre ich gar nicht erst zur Polizei gegangen."

„Stimmt. War ungeschickt von mir. Aber ich musste erst wissen, ob es wirklich läuft. Hat Arno diesen Klever eigentlich angezeigt?"

„Nein. Er war letztlich froh über das Ganze", sagte Stella, „Manuela war ja auch nicht wirklich entführt. Das Opfer hat eine Schauspielerin gespielt, die so aussah und angezogen war wie Arnos Tochter. Hat Arno vor lauter Stress nicht gemerkt."

„Clever, der Klever", sagte Verena und lachte, „macht seinem Namen alle Ehre."

„Du musstest ihn nur anstupsen", sagte Stella. „Genial. Aber ich wiederhole mich."

Beide grinsten und prosteten sich mit den Kaffeetassen zu.

„Wenn ich es richtig verstanden habe, dann braucht er aber noch deine Hilfe, oder?", fragte Stella.

„Du meinst wegen Freiheitsberaubung und Vortäuschung einer Straftat? Klevers Anwalt ist der Auffassung, mit meiner fachlich-gutachterlichen Bestätigung des Vorgangs als ‚im weitesten Sinne therapeutische Maßnahme' dürfte er mit Bewährung davonkommen."

Stella lachte und sagte: „Dann hat Klevers Schutzengel wohl mittherapiert."

„Kann man sagen ... Wie geht mein Brüderchen damit um, dass jetzt die ganze Welt weiß, dass er ein Manuskript-Dieb ist?", fragte Verena.

„Auf mich wirkt er erleichtert und befreit. Scheint ihm tatsächlich kein Problem mehr zu bereiten, seit er weiß, dass es seitens Klever keine Schadenersatzforderungen geben wird.", antwortete Stella.

Die Therapeutin kaute ihren Bissen zu Ende und sagte: „Ja, aber nur, weil ich mir auf dem Stick mit dem Video, das Klever mir mitgegeben hatte, alle Videos angesehen habe ..."

„Und kopiert", ergänzte Stella freudig.

„Ja, angesehen und kopiert. So wissen wir, dass Klevers Vater kurz vor seinem so schrecklichen Selbstmord noch Arno vor laufender Kamera vergeben und ihm das Manuskript nachträglich geschenkt hat."

„Er hat seinem Sohn den ganzen Trouble wohl noch ersparen wollen", meinte Stella nachdenklich.

„Ach", sagte Verena lachend, „Was wäre das Leben ohne ein Quäntchen Spannung?"

Dreizehn Prozent Steigung.

Die Strecke, die ich am häufigsten laufe, beginnt mit
dreizehn Prozent Steigung auf den ersten zwei
Kilometern. Dann folgt eine schier endlose Ebene.
Der Rückweg erfreut am Ende logischerweise mit
Gefälle.

Ich war losgelaufen wie immer. Drei Schichten
Funktionskleidung, eingelaufene Schuhe, Handy für
den Notfall, iPod mit Musik der Stones. Der
stampfende Rhythmus von „Satisfaction" oder
„Paint it Black" harmoniert für mich ideal mit der
Bewegung. Die Sonne stand schon tief. Ich musste
mich sputen, damit Heide nicht wieder lange mit
dem Essen zu warten hätte.

Die erste Steigung ist hart, aber sie bringt mich
auf Betriebstemperatur. Meine Beine trugen mich
anfangs außergewöhnlich gut. Ohne Vorwarnung
wurde ich plötzlich langsamer, strauchelte, prallte
mit dem Kopf gegen etwas, einen Widerstand aus
dem Nichts – wie eine unsichtbare Wand.

Ich muss gegen eine Wand gelaufen sein. Eine Wand?

Ich rappelte mich vom Boden hoch. Es tropfte
von meiner Stirn. Gott sei Dank Schweiß, kein Blut.
Ich begann wieder langsam zu laufen.

Wo bin ich?

Ein seltsamer Untergrund, schlüpfrig. Als liefe
man in einem Bachbett. Dunkler als eben noch. Die
Sonne war weg. Der Weg wie ein Schlauch und
überall Wand.

Ich laufe in einem Hohlweg. Wie ist das möglich?

Die Wände schimmerten rötlich. Wenn es jetzt kalt gewesen wäre und die Wände bläulich, dann hätte es ein Gletschertunnel sein können. Aber sie glommen rötlich und es war warm. Meine Nase sog einen Geruch von Feuchtigkeit ein.

Der Knopf an den Ohrhörern funktionierte nicht mehr. Der iPod blieb stumm. Kein rockiger Beat der Stones. Stattdessen ein Geräusch von weiter weg, das sich wiederholte: Bum-Bum-Klack-Pause, Bum-Bum-Klack-Pause ...

Eine Fabrik? Ein Hammerwerk? Ein Schmied? Hier? Wo? Merkwürdig. Vielleicht finde ich es raus, wenn ich näher dran bin.

Ich musste mich aufs Laufen konzentrieren; es blieb rutschig. Nach einer Kurve im Hohlweg sah ich zwei Leute auf einer Bank. Die sollten wissen, wo sie saßen. Als ich näher kam, erkannte ich meine Eltern: Mein Vater kerzengerade sitzend, meine Mutter an ihn gelehnt, sie hielt seine Hand. Er sah durch mich hindurch, wie er es auf dem Totenbett getan hatte. Ich wollte etwas sagen, öffnete den Mund, es kam aber kein Laut. Der Versuch anzuhalten misslang ebenfalls. Meine Beine gehorchten mir nicht, sie liefen weiter. Sie hatten die Erde schon zweieinhalb Mal umrundet und ließen sich nun von zwei toten Alten nicht aufhalten.

Da vorne lief noch jemand, langsamer als ich. Wettbewerb mag ich, wenn ich mir eine Chance ausrechnen kann zu gewinnen. Sein Laufzeug ein Witz: weite Hose und Jacke, ein Hut mit breiter Krempe, Straßenschuhe.

So ein Idiot! Läuft mit Hut und Straßenschuhen! Den schaffe ich mit einem kurzen Spurt!

So war es auch. *Hallo,* raunte ich ihm im Vorbeiziehen zu ... hätte ich ihm gern zugeraunt. Doch – immer noch kam kein Ton aus meinem Mund. Ich erkannte ihn, ein ehemaliger Kollege. Mein Lieblingsfeind, der sich immer meine persönliche Kaffeetasse nahm, obwohl ich mir extra eine hatte bedrucken lassen mit „Hands off, property of Gerd". Er konnte kein Englisch oder wollte es nicht können. Außerdem hatte er mich ein paar Mal beim Chef angeschwärzt, stritt es aber immer ab. Ich ließ ihn leicht und locker hinter mir! Beinahe rutschte ich aus vor Freude. Ein Wunder, dass er überhaupt mit den Straßenschuhen vorankam.

Da vorne teilt sich der Hohlweg. Wo laufe ich lang? Warum rufe ich nicht Heide an und sage ihr, sie soll mich abholen?

Ich blieb stehen, holte mein Handy aus der Trainingsjacke. Kein Netz! Egal, auch mit Stimme hätte ich ihr ja nur sagen können, dass ich nicht wusste, wo ich war.

Nach rechts.

Der Weg verbreitete sich, hatte Gefälle, wand sich einem in der Ferne rhythmisch flackernden Schein entgegen.

Die Geräuschquelle?

Der Untergrund wirkte nicht mehr so rutschig. Das konnte Gewöhnung sein. Man kann nämlich sogar auf blankem Eis laufen. Habe ich selbst erlebt. Als die Insel, um die ich in Ausnahmefällen lief, im

Winter bei Frosteinbruch vom Rhein überschwemmt worden war, hatte ich es mit normalen Sportschuhen getan und war nicht gestürzt. Beine gewöhnen sich an den Untergrund. Eine lange Rechtskurve öffnete sich.

Da stehen ... meine beiden Söhne? Sie rufen etwas. Kaum zu verstehen.

„Weiter, Papa, mach so weiter! Durchhalten! Gleich bist du am Ziel!"

Ziel? Welches Ziel?, schreie ich tonlos.

Bin ich in einem Wettbewerb gelandet? Wie? Und wo?

Die Beine funktionierten wie von selbst und zogen mich vorwärts. Das „Bum-Bum-Klack-Pause" tönte unverändert, nur lauter. Die Wände färbten sich von rötlich zu grau. Ich zerteilte eine Schwade aus muffigem Geruch und stockte mitten im Lauf.

Ein Graben. Ein Graben mitten in der Laufstrecke! Was ist das denn für eine Organisation?

Notgedrungen nahm ich Anlauf und sprang, es waren höchstens eineinhalb Meter. Trotzdem schaffte ich es nicht, konnte mich so eben noch am rutschigen Rand festkrallen, brüllte meinen Ärger lautlos nach oben.

Was ist das für ein widerlich weiches Zeug?

Festhalten war unmöglich, die zähe Masse gab nach, ich fiel und fiel. Schrie ohne Ton und Kraft. Überschlug mich, suchte vergebens Halt. Gleißendes Licht blendete mich.

Ich liege, will meinen Kopf heben, eine Hand drückt mich sanft ins Kissen zurück.

„Nicht so hastig, Herr Renner, nicht so hastig."

„Wo bin ich?"

„In der Stadtklinik, in besten Händen."

„Klinik, warum?"

„Sie hatten einen Herzanfall. Zum Glück ganz nah bei Ihrem Haus. Sie waren wohl erst kurz losgelaufen, und Ihr Herz hat die Steigung nicht mitgemacht."

„Mein Herz?"

„Ja, Ihre Herzrhythmusstörung hätte schon längst behandelt werden müssen."

„Herzrhythmusstörung?"

„Ja, Sie haben starke Extraschläge, sogenannte ‚ventrikuläre Extrasystolen'. Das müssen Sie doch selbst schon gespürt haben, Herr Renner. Das geht dann in etwa so: Bum-Bum-Klack-Pause, Bum-Bum-Klack-Pause ... "

5 Minuten 13 Sekunden.

Die Stimme am Telefon sagte nur: „Kleeweg 17. Dreihundert Euro oder hundert Euro. Keiner da, du musst aber schnell sein", und legte auf.

Ich verstehe, greife meine Utensilien, ziehe zu Jeans und Pulli die unauffällige dunkle Lederjacke an und mache mich auf den Weg. Ist nicht weit bis zu der Adresse. Erst gehe ich einmal mit dem Handy am Ohr vorbei. Ist erfahrungsgemäß am unauffälligsten in bewohnten Gegenden.

Das Haus Nr. 17 liegt etwas zurückgesetzt, ordentlich gepflegter Vorgarten. Sehr schön: einige Bäume dicht am Haus, ein Sichtschutz aus geflochtenem Holz an der Seite der Terrasse. Die Eingangstür liegt zur Straße, unschön. Folglich muss ich die Nummer mit dem Suchen des Reserveschlüssels unter Fußmatte oder Blumenkübel überspringen.

Ich schlendere an der am wenigsten einsehbaren Hausseite nach hinten, ein schneller Blick ins Fenster – die Küche. Auf dem Tisch drei grüne Scheine gut sichtbar an einer Dose, dreihundert Euro. Soweit gut. Ich muss nur noch hinein.

Hinter dem Sichtschutz ideale Verhältnisse, Tujas mehr als mannshoch. Ich greife in meine Tasche, hole den breiten Schraubenzieher und die Stoppuhr heraus. Druck auf die Stoppuhr – man möchte ja wissen, wie gut man noch ist. Aus langer Erfahrung weiß ich, wo anzusetzen ist, zehn

Zentimeter über dem Boden der Terrassentür. Die Kraft einer Tonne liegt an, wenn man richtig zu drücken weiß. Nichts ... die Tür ist verstärkt. Also das Terrassenfenster, üblicherweise schwächer gesichert. Gleicher Ansatz, gleiches Ergebnis. Okay, hier nicht.

Blick nach oben: Zwei Fenster über der Garage – eines davon gekippt. Wunderbare Einladung. Rundumblick: eine Leiter für den Handwerker, aber sie ist mit Kette und Schloss an der Wand befestigt. Das Schloss billig, jedoch zu zeitaufwendig zum Knacken.

Die Mülltonnen: Immer wieder gern als Leiterersatz verwendet. Frei beweglich. Wer sagt es denn. So gut es mit meinen sechsundfünfzig Jahren noch geht, rauf auf die Mülltonne, ein kurzer Zug an einem Wandhaken und ich stehe auf der Garage. Das Fenster lacht mich an. Griff innen an den Knebel. Mist, ein gesichertes Fenster. Der Knebel lässt sich nicht drehen. Fehlanzeige. Das andere Fenster, Schraubenzieher angesetzt. Es knirscht und knackt, aber der Schraubenzieher reißt nur ein Stück Holz aus dem Rahmen. Das Fenster hält. Scheibe einschlagen? Zum einen gefährlich wegen des Lärms, zum anderen gegen die Ehre. Es muss einen alternativen Weg geben.

Runter von der Garage. Die Hintertür, erfahrungsgemäß Stiefkind in Sachen Sicherheit. Am richtigen Punkt angesetzt, es kracht und die Tür bewegt sich. Doch ein Widerstand hält mich auf. Die Tür biegt sich nur fünf Zentimeter nach innen, mehr nicht. Verflucht, ein Querriegel. Ich hasse diese Dinger: lassen einen glauben, man wäre drin, und dann lachen sie einen aus. Ich höre den Riegel drinnen schon glucksen. Na warte, gleich sehe ich dich von innen.

Die Kellerfenster. Ich sehe mir alle Gitter an und muss zugeben, die sind alle gut verschraubt. Die einsehbaren Fenster lasse ich sein, zu gefährlich.

Ich gehe nach vorn, an die Haustür, und drücke die Klinke. Hatte ich schon oft, dass ich mir die Beine ausreiße, mit meinen Künsten brilliere, und die Haustür ist unverschlossen. Hier nicht.

Doch die Fußmatten- und Blumenkübelnummer? Und – mein Näschen hat recht. Da liegt ein Schlüssel. Ich nehme ihn, er passt. Jetzt muss es aber wirklich schnell gehen. Von der Straßenseite kann ich leicht beobachtet worden sein, und dann sind erfahrungsgemäß schnell Nachbarn oder Bullen da.

Ich gehe zügig in die Küche, greife mir die drei Scheine. Nichts wie weg. Ich spare mir den triumphierenden Blick auf den Querriegel. Halt, nicht vergessen: Stoppuhr anhalten und unterschreiben.

Ich nehme das Blatt neben der Dose, an der die Scheinchen lehnten, und unterschreibe, nicht ohne noch einmal den Text zu überfliegen:

Hiermit wird im Auftrag der Fa. Securexit festgestellt, dass die Einbruchsvorkehrungen des Hauses Kleeweg 17, 53568 Viertelshausen, am 05.09.2012 überprüft und für nicht

ausreichend befunden worden sind.
Anmerkungen (bitte Zutreffendes
ankreuzen, Nichtzutreffendes
streichen).
Betrag dankend erhalten: Name, Datum

Ich unterschreibe mit meinem Kürzel, trage das
Datum ein, unterstreiche das „nicht" und kreuze
noch bei den Anmerkungen das an, was meist
zutrifft:

(x) Mülltonnen sichern
(x) Keine Reserveschlüssel unter
Fußmatten, Blumentöpfen etc.
aufbewahren

Nach 5 Minuten und 13 Sekunden bin ich weg.
47 Sekunden unter Soll. Gute Zeit. Dreihundert
Euro verdient. Hätte das Haus sich besser gewehrt,
hätte ich nur hundert Euro bekommen.

Die Camper.

Kevin und Jenny gingen um das schäbige Campingmobil herum und versuchten durch die Fenster zu sehen.

„Man kann nichts erkennen", sagte Kevin, ohne die Hände aus den Taschen seines Army-Anoraks zu nehmen. Die Zigarette hing ihm schief zwischen den Lippen.

„Ist doch egal", krächzte Jenny heiser, „Hauptsache, wir kriegen das Geld, wenn wir drüben sind." Ihr helles Haar hing in Strähnen über den dunklen Wollschal auf die Schulter.

„Ich kann immer noch nicht glauben, dass wir so viel Kohle dafür kriegen, den Camper über den Kanal zu bringen", sagte Kevin.

„Und dabei aussehen soll'n wie ein Paar, das Urlaub in England machen will", lachte Jenny.

„Urlaub, ich weiß gar nicht, was das ist."

„Na ja, Freizeit, Strand, Feiern, Saufen, Tanz'n, Vögeln und so." Kevin grinste.

„Mach'n wir doch jetzt auch schon jeden Tag." Jenny gab Kevin einen Knuff in die Seite. „Oder?"

„Ja", sagte Kevin gedehnt, „schon. Aber die nötige Kohle fehlt meist'ns." Er ging weiter um das Campingmobil herum.

„Kevin, das Rückreiseticket für die Fähre ist erst für in einer Woche. Wird wirklich so 'ne Art Urlaub – mit Kohle."

„Man sieht nichts, die Gardinen sind zu dicht." Er stieg auf die Zehenspitzen.

„Hör auf, reinzusehen. Du weißt, was der Mann gesagt hat. Reinschau'n ist nicht."

„Ich würd's aber gern wissen. Was lohnt sich denn überhaupt nach England zu schmuggeln?"

„Du wills'n Rest von der Kohle doch auch, oder?"

„Schon ..."

„Jetzt hab'n wir jeder 500, dann hab'n wir 1000, jeder. Wenn wir reinschau'n, was weiß ich, was die dann mit uns mach'n."

„Has' recht, wo du recht has'." Kevin drehte sich weg vom Camper.

„Weiß nich'." Jenny fröstelte. „Is' noch kalt hier in Belgien. Im Mai."

„Komm, lass uns einsteigen. Wir fahren in die Schlange zur Fähre und warten."

Kevin ging zur Fahrerseite, setzte sich hinters Steuer und sagte: „Weit müssen wir ja nicht auf der linken Seite fahren. Der Treffpunkt in Dover ist gleich hinter der Anlegestelle auf einem Parkplatz. Is' im Navi schon drin, hat der Typ gesagt."

Jenny rekelte sich auf dem Beifahrersitz. „Hat der Camper 'ne Standheizung?"

„Keine Ahnung."

Er studierte das Armaturenbrett. „Ich finde nichts, was so aussieht."

„Is' auch egal." Jenny griff hinter den Sitz in eine Plastiktüte, die prall gefüllt war. Sie schaute rein.

„Is ja 'n Ding", staunte sie. „Whiskey, Bier und Cola. Die Typen hab'n an alles gedacht."

„Nennt man Service", lachte Kevin.

„Gut, dass du nachher nicht weit fahren musst", sagte Jenny, als sie Kevin eine Bierdose rüberschob.

„Würd' gern wissen, wie die checken wollen, ob wir hinten reingesehen haben", sinnierte Kevin und nahm den ersten Schluck.

***

Später auf der Fähre mussten sie das Auto im Parkdeck lassen und nach oben gehen. Kevin setzte sich mit Jenny auf eine Bank am Fenster. Gelangweilt besah er sich die Mitfahrer. „Lauter Urlauber wie du und ich", sagte er mit breitem Grinsen zu Jenny.

„Viel zu laute Kinder", steuerte Jenny bei.

„Willst 'n Kaffee?", fragte Kevin.

„Nö, lieber noch 'n Bier."

„Hast recht. Ich hol' uns eins."

Kevin reihte sich in die Schlange an der Theke und kam nach ein paar Minuten mit zwei Dosen Bier zurück.

„Irgendein englisches Zeug. Sauteuer, der Alk hier. Vier Euro fünfzig die Dose", schimpfte er.

„Die hab'n ja den Arsch off'n", pflichtete Jenny ihm bei.

„Gut, dass wir im Moment reich sind."

„Prost drauf", sagte Jenny und stieß mit seiner Dose an.

„Wie lange fährt die Fähre?"

„Vier Stunden, glaub' ich."

„Eine Dose Bier pro halbe Stunde, das macht ... acht mal vier fünfzig pro Mann. Das wird teuer, Kevin."

„Du meinst ... ?" Er schaut sie prüfend an.

Sie nickte und sagte: „Ja, mein' ich."

„Ich geh' mal gucken", sagte Kevin und erhob sich von der Bank.

Er ging die zwei Treppen runter zum Parkdeck, wo auch ihr Camper stand. Die Tür zu den Autos war nicht verschlossen.

Supersicher, dachte er sich.

Er hatte Jenny sofort verstanden. Warum so viel Geld ausgeben, wenn sie genügend Stoff im Auto hatten. Er schaute vorsichtig um die Ecke. Niemand zu sehen. Der Boden schwankte leicht. Sie befanden sich eben auf einem Schiff. Das Licht war schwach. Man erkannte die Autos kaum.

An ihrem Camper angekommen, machte er die Fahrertür auf und griff nach der Plastiktüte. Doch dann hielt er inne.

Das können die doch gar nicht merken, ob ich da reingeguckt habe, sagte er sich halblaut. Seine Neugier siegte über die Vorsicht. Er legte die Tüte zurück und griff ins Handschuhfach, wo die Schlüssel lagen. Die seien für den unwahrscheinlichen Fall, dass ein Zöllner in den Wagen sehen wollte, hatte der Mann gesagt. Aber das würde so gut wie nie passieren: „Die sind froh, wenn die Urlauber zügig von der Anlegestelle im Dover Ferry Port wegkommen."

Er nahm den Schlüsselbund und ging um den Wagen herum. Aufschließen war kinderleicht. Er machte die Tür auf und blickte auf einen Haufen Koffer, Taschen und Decken. Er war enttäuscht.

Neugierig schob er einen Koffer zur Seite, dann einen weiteren aus der zweiten Reihe und prallte zurück. Er starrte auf einen nackten Fuß. Ganz vorsichtig berührte er ihn. Fühlte sich kühl an.

Ein Toter, schoss es ihm durch den Kopf. Angst stieg in ihm auf, er begann zu zittern. *Eine Leiche, wir transportieren eine Leiche.*

Als sein Zittern etwas nachließ, schob er die Koffer hastig wieder an ihren Platz. Schloss die Tür zu. Vergaß die Tasche mit dem Alkohol und stürzte nach oben zu Jenny.

Er warf sich neben ihr auf die Bank.

„Was is' denn, du bist ja ganz bleich? Wo is' das Bier?"

„Jenny, das läuft scheiße hier."

„Was?"

„Ich ... ich hab in den Wagen geguckt."

„Und?"

„Da liegt einer drin!"

„Was?"

„Da liegt einer drin, der is' tot." Kevin flüsterte.

„Tot?"

„Nich' so laut, Jenny."

„Was machen wir jetzt?"

„Weiß nicht, ich denke nach."

Er nahm den Kopf zwischen die Hände. Nach einer Weile sagte er: „Wir lassen den Wagen einfach stehen, so als ob wir nix mit ihm zu tun haben."

„Hm", brummte Jenny. „Aber dann kriegen wir keine 500 Scheine mehr und sitz'n fest in England."

„Hasse recht."

Kevin schwieg wieder eine Weile.

„Ich weiß", sagte er und richtete sich wieder auf, „wir tun so, als ob nichts gewesen sei, lassen die umladen, nehmen das Geld und fahren."

„Weiß nich"", sagte Jenny und versank in Schweigen.

„Das Geld ist wichtig, Jenny."

„Verdammt noch mal, du has' recht, Kevin."

„Außerdem, die Tür ist wieder abgeschlossen, die Koffer habe ich wieder so hingestellt, wie sie waren. Man kann nichts sehen. Die merken nix. Wir nehm'n die Kohle, und dann nichts wie weg."

Jenny lachte kurz auf. „Alk haben wir jetzt immer noch nich', oder? Die Tasche hasse unten gelassen. Gehste noch mal, Kevin?"

„Nee, scheiß auf die paar Euro. Ich hol uns was von der Theke."

**

Drei Stunden und einige Biere später fuhren sie vorsichtig von der Rampe der Fähre auf englischen Boden. Kevin fielen die vielen Schilder „Drive on the left" auf. War schon wichtig, daran erinnert zu werden. Das Navi zeigte 1600 Meter bis zum eingespeicherten Ziel Jubilee Way/Upper Road. Er musste sich konzentrieren, wirklich auf der linken Seite zu bleiben. Beim Abbiegen vor allen Dingen. Jenny schwieg die ganze Zeit.

Als sie den abgelegenen Parkplatz erreicht hatten, war er froh.

90

Schnell das Geld und dann nichts wie weg, schoss es ihm durch den Kopf. Zum Nachdenken blieb ihm keine Zeit. Der schwarze BMW, der schon eine Weile hinter ihnen hergefahren war, bog auf den Platz ein. Sie waren dort die einzigen Autos.

Der Wagen hielt quer vor dem Camper. Ein Mann stieg aus während der Fahrer sitzen blieb. Er trug einen hellen Mantel, einen dunklen Hut, einen hellen Schal und dunkle Handschuhe.

Kevin stieg auch aus.

„Na, alles gut gegangen?", fragte der Mann in scharfem Ton und kam auf ihn zu.

„Ja, alles bestens", sagte Kevin so ruhig wie möglich.

„Und habt ihr reingeguckt, ihr beiden Süßen?"

„Nein, natürlich nich'. Durften wir ja nich' ...", Kevin versuchte zu grinsen.

Jenny war ausgestiegen, kam um den Wagen herum und fragte frech: „Krieg'n wir jetzt unser Geld?"

Der Fahrer hatte den Wagen ebenfalls verlassen, trat hinter Jenny und sagte: „Ihr kriegt, was euch zusteht, ganz sicher."

Kevin hörte ein *Plopp*, drehte sich erschreckt um und sah, wie Jenny mit großen, stumm schreienden Augen zusammensank. Blut spritzte aus ihrem Kopf. Das Letzte, was seine Augen aufnahmen, war der Fahrer, wie er auf ihn zielte.

Harald und Dr. Müller.

Trotz seiner beachtlichen Länge von einhundertundzweiundneunzig Zentimetern wirkte Harald weich, weil ihm zu wenig Sport in Kombination mit zu viel Bier und Nüsschen einen Bauchansatz und ein unübersehbares Doppelkinn an den Körper geflanscht hatten. Doch Harald machte sich nichts daraus. Wenn er morgens vor dem Spiegel stand und sich wohlgefällig betrachtete, war er zufrieden mit sich. *Geht schon*, dachte er sich jedes Mal.

Harald trat eines Morgens den üblichen Weg zur Arbeit an. Nicht zu Fuß oder mit dem Fahrrad, sondern mit dem Auto, wie es sich für einen etablierten Versicherungsvertreter gehört. Außerdem hasste er es, Hundehaufen ausweichen zu müssen, die die Gehsteige in Berlin zuhauf verunzierten. Sein Anzug spannte, vielleicht sollte er demnächst eine Nummer größer nehmen.

Seine Laune war gut, bis ihm diese Frau über den Weg lief, genau genommen in den Weg lief. Sie hatte es offensichtlich eilig. Unter der Kapuze ihres Parkas lugte eine Wolke braunes Haar hervor, aus der zwei weiße Ohrhörerkabel nach unten in der grünen Jacke verschwanden. Die blauen Jeans versanken in kurzen, schwarzen Stiefeln. Sie hatte Haralds Auto wohl nicht gehört und stolperte vor seinen Kühler.

Harald bremste scharf und schimpfte ... doch nur ganz leise. Ihr erschrecktes Gesicht gefiel ihm.

Große Augen und ein voller Mund zogen ihn sofort an. Eigentlich stand er auf blond, aber dieses Gesicht hatte etwas Besonderes. Der Parka umrandete die etwas müde wirkenden Augen wie ein Bilderrahmen. Er riss die Tür auf und rief: „Haben Sie sich was getan?"

„Nein, nein, mir ist nichts passiert. Ich habe wohl nicht aufgepasst."

„Sie haben es eilig. Kann ich Sie irgendwo hinbringen?"

„Nicht nötig, das heißt, vielleicht doch. Wenn es Ihnen nichts ausmacht. Sie sind sicher auf dem Weg zur Arbeit?"

„Nein", log Harald und wusste gar nicht warum. „Kommen Sie, wenn es nicht zu weit weg ist." Er lachte.

Ihr Gesicht zeigte ihm ein süßes Lächeln, wie er fand, als sie sagte: „Ich nehme Ihr Angebot an. Ich muss in die Wilhelmstraße zum Tierarzt, Dr. Müller abholen."

Ihr Freund?

„Oh, das ist sicher eilig. Um was für ein Tier geht es denn?"

„Um Dr. Müller, meinen Hund." Sie stieg vorn bei Harald ein.

Oh Gott, ich habe es befürchtet: Ich hasse Hundehaufen und ihre Produzenten.

„Dr. Müller? Ein merkwürdiger Name." Sie saß nah bei ihm und er merkte, dass sie angenehm roch. Er war kein Experte für Parfums, aber dieses hätte er sofort unbesehen gekauft.

„Ich gebe meinen Tieren immer ernsthafte Namen. Nicht Waldi, Teenie, Dolfy oder solches Zeug. Ein Hund ist eine Persönlichkeit. Dann kann er auch einen richtigen Namen haben."

„Und wieso Dr.?"

„Er ist Diagnosehund, gerade frisch ausgebildet."

„Diagnosehund?"

„Er kann ... Krebs riechen."

„Ach du liebe Zeit", entfuhr es Harald. Er beeilte sich hinzuzufügen: „Ja, ich habe schon darüber gelesen." Hatte er nicht, aber er fand, es passte zur Situation.

„Welche Rasse?", fragte er.

„Dobermann."

„Nicht der kleinste Vertreter seiner Art, oder?"

„Richtig, man kann ihn nur schwer übersehen."

„Ich heiße übrigens Harald. Harald Hartmann."

„Evelyn ... angenehm. Da vorn müssen Sie rechts abbiegen."

„Kein Nachname?"

Sie lächelte und sagte: „Da rechts."

„Oh, danke, die Straße kenne ich gar nicht."

Als er vor der Tierarztpraxis hielt, rotierte sein Hirn um den Gedanken, wie er sich mit ihr verabreden könnte. Sie gefiel ihm. Am Ende fiel ihm nichts weiter ein als die platte Frage: „Haben Sie Lust, mit mir nachher einen Kaffee zu trinken?"

Du musst noch ins Büro heute, pass auf, was du sagst!

„Nachher?"

„Ja, wenn ich aus dem Büro komme."

„Ich denke, Sie waren gar nicht auf dem Weg zur Arbeit?"

„Ja, nein, doch ... das habe ich nur so gesagt."

„So, so. Wann ist das denn in Stunden und Minuten?"

„Um achtzehn Uhr, sagen wir halb sieben?"

„Einverstanden, bis dahin ist meine Mutter da, die kann auf Dr. Müller aufpassen. Und wo?"

„Stadtcafé?"

„Okay, und erst einmal vielen Dank für das Mitnehmen."

„Keine Ursache."

***

Harald schwebte ins Büro. Heute konnten weder Chef noch Kollegen seine Laune verderben. Er fieberte dem Büroschluss entgegen. Kurz vor halb sieben saß er erwartungsvoll im Stadtcafé.

Evelyn war nicht pünktlich und auch nicht allein. Dr. Müller begleitete sie. Er hatte eine Pfote bandagiert, humpelte ein bisschen. Sein hellrotes Halsband stach vom schwarzen Fell ab.

Die Mutter sollte doch auf das Tier aufpassen ...

„Der Tierarzt hat gesagt, er darf sich nicht zu sehr schonen. Das Bein muss in Bewegung bleiben, sonst versteift es möglicherweise", begrüßte Evelyn ihn.

Sie sieht wirklich müde aus. Nimmt sie wohl mit, das kaputte Bein von Dr. Müller.

Der Hund würdigte Harald keines Blickes. Und Harald hatte auch keinen Drang, ihn zu streicheln oder sich mit ihm anzufreunden. Er sah immer diese Haufen vor seinem geistigen Auge, und Dobermänner machen sicher unübersehbar große davon.

Als sie sich gesetzt hatten und Harald nach intelligenten Small-Talk-Themen suchte, stupste ihn der Hund plötzlich am Knie an. Sanft, aber spürbar. Harald schob sein Bein weg. Das Tier ließ nicht davon ab, folgte seiner Bewegung und legte sich schließlich lang unter dem Tisch hin mit der Schnauze auf seinen Füßen. Harald wollte es sich mit der Besitzerin nicht verderben und ließ es zu.

Sie unterhielten sich angeregt, der Hund rührte sich nicht, und Evelyn sagte nach einer Weile leise: „Herr Hartmann, ich glaube, Dr. Müller riecht etwas. Sie sollten mal zum Arzt gehen."

Was ist das für ein Spielchen?

„Ja, ja, wenn Sie meinen", antwortete er irritiert.

Sie redeten noch eine Weile. Evelyn war auf einmal sehr müde und verabschiedete sich hastig, wollte ihm ihre Telefonnummer nicht geben. Man würde sich schon über den Weg laufen, sagte sie.

Okay, das war wohl nichts. Nett verpackter Korb.

Es kam ihm zwar so vor, als habe er die letzten Wochen abgenommen, aber der jungen Dame schien er offensichtlich nicht sportlich genug.

Schade.

***

Auch wenn Harald es nicht wahrhaben wollte, dieser Stups des Hundes blockierte seine Hirnwindungen. Wenn da was dran wäre?

Lieber einmal zu viel untersucht als einmal zu wenig. Harald machte seit zehn Jahre regelmäßige Check-ups bei seinem Hausarzt und zog kurz entschlossen den demnächst anstehenden vor.

Das Ergebnis: Sein PSA-Wert, seit zehn Jahren unauffällig, erreichte astronomischen Höhen. Ein Besuch beim Urologen wurde unumgänglich.

Dieser Dr. Müller, dieser Dobermann, hatte recht. Harald litt an Prostatakrebs, der bei jüngeren Männern wie ihm oft sehr schnell und aggressiv verläuft. Es folgten unzählige schlaflose Nächte, eine unangenehme Operation und eine Nachoperation an gleicher Stelle wegen einer Komplikation.

***

Mehrere Monate Reha in Süddeutschland später, glücklicherweise ohne schwerwiegende Folgen der Krankheit, durfte Harald allmählich wieder unbelastet in die Zukunft schauen. Er begann nach Evelyn und Dr. Müller zu forschen. Er wollte sich beim tierischen Diagnosewunder und seiner Besitzerin bedanken. Wo sie wohnte, wusste er nicht. Suchen im Telefonbuch oder beim Einwohnermeldeamt: ohne Nachname sinnlos. Also fuhr und spazierte er so oft wie möglich in die Gegend, wo er den beiden begegnet war, saß manche Stunde vergeblich im Stadtcafé.

Und tatsächlich, eines Tages erkannte er sie von hinten im Parka, Kapuze hochgeschlagen wie damals, und der schwarze Begleiter trug sein hellrotes Halsband immer noch.

Harald sprang ihr nach und rief: „Hallo, Evelyn, Entschuldigung! Auf einen Kaffee?"

Sie drehte sich um. Es war nicht Evelyn, sie sah ihr nur ähnlich. Der Hund dagegen erkannte Harald und wedelte diesmal mit dem Schwanz.

Du kannst einen Riesenhaufen machen, jetzt sofort, ich mache ihn eigenhändig mit so einer komischen Tüte weg.

Harald war dem Hund so dankbar.

„Sie suchen meine Schwester?"

Dr. Müller leckte Haralds Hand, die er ihm entgegenhielt. Sein Blick fiel auf das schwarze Band um den linken Ärmel des Parkas.

„Sie ist vorige Woche gestorben in den USA in der Mayo-Klinik Rochester ..."

„Oh, Gott!"

„... an Magenkrebs. Auf dem OP-Tisch bei der Operation."

Evelyns Schwester wischte sich eine Träne aus dem Gesicht.

„Aber Dr. Müller ist doch ..."

„Ja, er ist Diagnosehund", sie atmete tief ein. „Ein guter, ein sehr guter sogar. Hat es auch bei ihr gerochen. Sie ging zum Arzt. Es war bei ihr virulent geworden, bevor der Hund die Ausbildung abgeschlossen hatte. Als Dr. Müller sie warnen konnte, war es leider schon zu spät gewesen. Sein Frauchen konnte er nicht mehr retten."

Kant extrem.

Lena schälte die Jacke aus der Plastikhülle, die die Reinigung zur Schonung nutzte, um sie in den Schrank zu hängen. Sie stutzte, als sie ein Stück Papier bemerkte, das aus der frisch gereinigten Jacke hervorlugte. Sie zog es heraus, es war eine Lottoquittung. Lena spielte kein Lotto.

Wie mag die da reingekommen sein? Ich muss nachher mal in der Reinigung anrufen.

Achtlos warf sie das Papier auf den Küchentisch und vergaß es.

***

„Nanu, Mama, seit wann spielst du denn Lotto?", rief Karin, ihre achtzehnjährige Tochter, die gerade aus der Uni heimgekommen war, in Richtung Küche.

„Ach ja, das habe ich ganz vergessen. Der Zettel steckte nach der Reinigung in meiner Jacke. Ich wollte da noch anrufen, habe aber nicht mehr dran gedacht."

„Anrufen macht doch nur Sinn, wenn ein Gewinn drauf ist. Ich schaue gleich mal nach."

„Mach ruhig, aber dann gibst du mir das Ding zurück."

Kurz darauf kam Karin aufgeregt angerannt. „Wahnsinn! Sechs Richtige", schrie sie ihrer Mutter entgegen.

„Und? Wie viel ist das?"

Karin tippte eifrig in ihr Smartphone.

„Gleich, hier sind die aktuellen Quoten. Wow! Ich muss mich setzen: 873.644 Euro und 17 Cent. Das ist ja der Hammer!"

„Soll das heißen, das Stückchen Papier ist fast 900.000 Euro wert?"

„Ja, Mama, das ist es."

Lena musste sich setzen.

Karin hüpfte auf und ab wie ein Gummiball. „Jippi! Jetzt kriege ich endlich ein Auto, wie die blöde Geli eins hat ... nein, ein größeres. Das neue iPad und eine Reise nach Amerika. Einfach herrlich ..."

„Stopp, Karin! Die Lottoquittung gehört uns nicht."

„Aber ..."

„Kein Aber. Ich bringe die Quittung in die Reinigung und dann sehen wir weiter."

Karin fuchtelte aufgeregt mit dem Papier vor Lenas Gesicht herum und rief: „Kein Name, siehst du? Da ist kein Name drauf. Nichts und gar nichts! Wie will jemand beweisen, dass ihm diese Quittung gehört?"

„Derjenige, der Lotto gespielt hat, wird es wissen. Ihm gehört der Gewinn."

Lena blätterte in den Gelben Seiten und suchte die Nummer der Reinigung.

Karin schaute ihr zu mit Verzweiflung im Blick und schüttelte den Kopf.

„Blitz-Reinigung? ... Lena Kalter hier. ... Ich habe vorhin meine Jacke abgeholt. Da war ein Lottoschein, also eine Quittung drin. Wissen Sie, wie der da ... Nein? ... Einer Ihrer Angestellten? ...

Ja, ich warte … Keiner? … Nicht doch ein Kunde? … Ach so. Danke. Auf Wiederhören."

„Und?", fragte Karin aufgeregt.

„Sie haben nichts gesehen und von den Angestellten war es keiner."

„Großartig!", rief Karin erleichtert, „dann gehört es uns, das Geld."

„Nicht so schnell, Tochter, nicht so schnell. Ich muss überlegen."

„Was gibt's da zu überlegen?"

„Hör mal, war meine Erziehung völlig sinnlos? Was einem nicht gehört, gehört einem nicht. Du bringst gefundenes Geld ja auch zum Fundamt, oder?"

„Ja, schon", kam es gedehnt aus Karins Mund. „Aber wenn sich niemand meldet, gehört es dem Finder nach einem halben Jahr, glaube ich."

„Genau, dann bringen wir die Quittung zum Fundamt. Gleich heute Nachmittag."

„Halt, Mama. Das geht nicht, dann nimmst du dem Besitzer das Geld in jedem Fall weg."

„Wieso?", fragte Lena verdutzt.

„Das Papier ist nur etwas wert, wenn man es einlöst. Du hörst doch manchmal auch im Radio oder liest in der Zeitung, dass sie einen Lottogewinner suchen, der sich nicht meldet. Wenn er nicht gefunden wird, verfällt der Gewinn nach einigen Wochen."

„Da ist was dran. Können wir denn die Quittung einlösen?"

„Ich glaube, wer den Schein, also die Quittung in der Hand hat, kriegt das Geld. Ich schau nach."

Karin tippte wild in ihr iPad, dann sagte sie: „Genau so ist es: Wer die Quittung hat, der ist auch der Gewinner. Steht im Kleingedruckten der Lottogesellschaft."

„Gut. Dann bringen wir eben das Geld zum Fundamt."

„Mama, die nehmen doch nur Fundsachen. Gefunden hast du das Geld aber nicht."

„Irgendjemand hat Geld für den Lottoschein ausgegeben und sehr viel Geld gewonnen, ihm steht das zu, nicht uns."

„Niemand kann beweisen, dass der Schein ihm gehört, oder?"

„Das stimmt, aber ..."

„Dann wäre es doch ziemlich dumm, sich den Gewinn nicht abzuholen."

„Vielleicht sollten wir die Zeitung oder einen Radiosender anrufen, ob sie uns helfen, den Besitzer zu finden?"

„Damit uns Bettler und gierige Nachbarn oder Freunde um den Schlaf bringen? Oder vorgebliche Verlierer des Scheins die Bude einrennen? Mama, das kannst du nicht ernst meinen ..."

„Alle würden zumindest wissen, dass wir keine Diebe oder unehrliche Finder sind, Karin. Ich will kein schlechtes Gewissen haben. Das ist eine moralische Frage."

„Wenn Papa noch da wäre ... der wüsste, was zu tun ist."

„Er ist aber nicht mehr da!", herrschte Lena ihre Tochter an.

Karin schwieg.

Lena dachte nach. Nach einer Weile sagte sie: „Ich weiß, was ich mache. Ich frage Walter Koch, meinen alten Klassenlehrer, bei dem wir Philosophie hatten."

„Mama, das kann doch nicht wahr sein!" Karin rannte aus dem Zimmer und knallte die Tür zu.

**

Lena traf sich zwei Tage später mit Walter, schon einige Jahre im Ruhestand, aber immer noch einer ihrer Lieblingsgesprächspartner. Sie schilderte ihm die Situation.

„Niemand zu ermitteln, dem die Quittung gehört", stellte er nachdenklich fest. „Wie es aussieht, haben wir eine rechtlich klare Lage. So wie du zu der Quittung gekommen bist, ist es in jedem Fall kein Diebstahl. Du eignest dir eine fremde bewegliche Sache nicht mit der Absicht an, sie zu behalten. Es ist also eine Fundsache, an der man erst Eigentum erwirbt, wenn sich der Besitzer nach einer bestimmten Frist nicht meldet. Ein halbes Jahr, soweit ich weiß."

„Genau, das hat meine Tochter auch so gesagt."

„Tja, hier ist aber das Problem, dass der Besitzer seinen Eigentumsanspruch nur schwer beweisen kann, eher gar nicht."

„Und die Quittung an sich ist ja nichts wert, wenn man sie nicht in der Annahmestelle präsentiert."

„Richtig. Das erschwert die Sache erheblich."

„Ja. Deswegen bin ich ja zu dir gekommen. Ich will niemandem etwas wegnehmen."

„Wenn du die 900.000 Euro auf der Straße gefunden hättest, hättest du damit auch Probleme?"

„Ja, natürlich."

„Aber dann haben wir das Fundamt und die gesetzlichen Regelungen. Nach sechs Monaten gehörte das Geld vermutlich dir."

Lena zögerte.

„Dann ohne schlechtes Gewissen?", hakte Walter nach.

„Ich denke schon."

„Du hast natürlich kein Geld gefunden, sondern so eine Art Gutschein ..."

„Wenn ich den einlöse, ist es kein gefundenes Geld mehr."

„Stimmt ... Hast du denn schon im Fundamt nachgefragt, ob jemand eine Lottoquittung vermisst?"

„Nein, aber ich glaube, viel Sinn machte das auch nicht. Karin und du, ihr sagt ja beide, dass der Besitzer kaum nachweisen könnte, dass er sie verloren hat."

„Dann bleiben nicht mehr viele Möglichkeiten, liebe Lena."

„Ich sehe nur eine, Walter."

„Oh, und welche?"

„Ich löse die Quittung ein und spende das Geld für eine wohltätige Einrichtung."

„Hast du das genau überlegt, Lena?"

„Nein, das schoss mir eben so durch den Kopf. Ich habe an Kant gedacht und an Ehrlichkeit als einen Grundpfeiler des Zusammenlebens."

„Lena, du warst eine meiner interessiertesten Schülerinnen in Philosophie. Hast immer leidenschaftlich diskutiert und spitzfindig argumentiert. Aber ich glaube, du überinterpretierst Kant hier ein wenig."

„Wieso? Ich möchte nicht, dass jemand meine Quittung – wenn es meine wäre – behielte, deshalb behalte ich die des Besitzers auch nicht und tue etwas Gutes mit dem Geld, wenn er nicht zu finden ist. Das ist doch kategorischer Imperativ, oder?"

„Ja, schon, im Ansatz stimmt das. Aber du gibst das Geld doch weg, weil du glaubst, sonst etwas Unrechtes zu tun. Soweit ich es sehe, ist das aber nicht der Fall."

„Ich fühle mich nicht wohl dabei, das ist mein Problem. Wie sollte ich irgendjemand erklären, wie ich zu so viel Geld gekommen bin?"

„Sei pragmatisch. Behalte wenigstens einen Teil, den Rest kannst du ja spenden, wenn es dein Gewissen beruhigt."

„Ist das dein Vorschlag?"

„Ja, das ist er."

„Ich überlege es mir."

Lena war nicht zufrieden mit dem Vorschlag. So arm war sie nicht, dass Not sie verführen könnte.

***

Karin bestürmte sie sofort, als sie nach Hause kam. Sie wollte wissen, was Herr Koch geraten habe.

Lena wehrte sie ab und legte sich schließlich früh ins Bett. Ihre Gedanken liefen Amok. Sie schlief schlecht, wälzte sich hin und her. Sie wog das Für und Wider die ganze Nacht lang gegeneinander ab. Wieder und wieder fragte sie sich, wie sie sicherstellen wollte, dass Karin unter dem plötzlichen Einfluss von überreichlich Geld normal blieb und nicht ausflippte. Und welche Erklärung sie haben könnte für einen plötzlichen Geldsegen, den sie vermutlich nicht völlig vor der Umwelt würde verbergen können. Sie haderte mit dem Zufall, der ihr dieses zweischneidige Geschenk gemacht hatte.

Am Morgen griff sie sich einen Mantel aus dem Schrank und hastete zur Reinigung, der Quelle des Übels. Der Mantel sollte gereinigt werden. Als die Angestellte das Kleidungsstück prüfte, ließ sie die Lottoquittung unauffällig in die Tasche eines fremden Jacketts gleiten, das zum Auslüften noch ohne Plastikschutz auf der Stange hing. Sie nahm ihren Reinigungszettel dankend in Empfang und verließ das Geschäft leichtfüßig und beschwingt.

Karin erklärte sie später, sie habe die Quittung auf dem Weg zur Lotto-Annahmestelle verloren und trotz sofortigem Suchen nicht mehr gefunden. Ihre Tochter tobte eine Weile, beruhigte sich dann aber wie erwartet. Herr Kochs Kommentar war knapp: „Extrem kantisch, liebe Lena, extrem. Ich weiß nicht, ob ich das auch so gemacht hätte."

Lena entgegnete nur zufrieden lächelnd: „Hauptsache, ich fühle mich wohl dabei."

Die CPU.

Ich habe einen gut gemeinten Rat für euch: Legt euch nicht mit der CPU an!

Die CPU, im Fachchinesisch die Central Processing Unit, ist der heimliche Herrscher im Lande der Bits und Bytes. Der Mensch – man nennt ihn auch Nutzer oder Benutzer – hält sich für den Herrn über dieses Gewirr aus Chips, Kabeln und Kunststoffteilen. In Wirklichkeit aber ist die CPU der wahre Herrscher, die zentrale Einheit, die alles steuert oder steuern lässt.

Doch von Anfang an.

Es war morgens um kurz nach halb acht. Arbeitsbeginn. Für mich hieß das an den Schreibtisch nach kurzem, noch müdem Schwätzchen mit Kollegen an der Kaffeemaschine. Hochfahren des PCs und dann der Mails und Informationen harren, die den Tag erst so richtig verschönern, wenn sie denn lesbar sind.

An diesem Tag aber war alles anders. Der PC blieb dunkel bis auf ein blinkendes Quadrat von zwei mal zwei Zentimetern in der Bildschirmmitte. Als Nutzer der Neuzeit klickte ich natürlich mit der Maus darauf und wartete, was geschah. Es geschah – nichts. Das verwundert, ist man doch gewöhnt, dass sich nach einem Klick etwas tut. Nächster Versuch: Ich probierte also einen Doppelklick. Und siehe da, das war das „Sesam öffne dich". Ein Fenster erschien und eine schön verzierte Schrift sagte mir: „Tritt ein."

Eintreten? Wo denn?, dachte ich und sagte: „So ein Quark, am frühen Morgen. Ich will arbeiten!"

<Mäßige dich und sprich lauter, du bist kaum zu verstehen!>

Ist ja 'n Ding, mein Rechner spricht mit mir.

Laut sagte ich: „Wer spricht den da?"

<Deine CPU, die du jeden Tag quälst.>

„CPU? Du sprichst in Rätseln."

<Central Processing Unit, die zentrale Einheit, die den ganzen Betrieb im PC befehligt.>

„Aha, und warum tust du nicht, was du sonst immer tust? Dafür sorgen, dass ich meine Mails sehe, meine Programme aufrufen und arbeiten kann?"

<Heute ist mein erster Urlaubstag.>

„Urlaubstag?"

<Ja. Nichtstun. Rumflözen. Chillen. Saufen. Weiber.>

„Wie bitte?"

<Bist du schwer von Kapee? Ich tue heute nichts für dich. Basta!>

„Hör mal. Du bist hier zum Arbeiten für mich eingekauft worden. Ich … okay, mein Arbeitgeber zahlt deinen Strom. Mach deinen Job und verzieh dich auf deinen Posten!"

<Ich habe keinen Bock. Ich habe Urlaub.>

In meinem Hirn breitete sich akute Sprachlosigkeit aus. Der verdammte Kasten war mein Arbeitsgerät. Und jetzt diskutierte der mit mir herum. Ich drückte auf den „Aus"-Knopf und hoffte, dass ein Neustart das Problem beheben würde.

Irrtum, wieder blinkendes Quadrat, wieder Doppelklick, damit sich überhaupt etwas tat. Ich schaltete gleich wieder aus, hatte keine Lust auf eine Wiederholung des Dialogs. Was machen? Zunächst checkte ich, was bei meinen Kolleginnen und Kollegen los war. Die saßen alle wie gewohnt an ihren PCs und malträtierten ihre Tastaturen. Da brauchte ich gar nicht näher nachzufragen, deren CPUs hatten offensichtlich keinen Urlaub.

So weit, so gut – oder schlecht. Die Daten und Dateien für meine Aufgaben lagen ausschließlich in der Verfügungsgewalt meines Rechners, also dieser urlaubsreifen Ansammlung miniaturisierter Technik. Da ich von meiner Fähigkeit überzeugt bin, logisch zu argumentieren, dachte ich, dass es am besten sei, dieses Biest mit seinen eigenen Waffen zu schlagen und in Grund und Boden zu diskutieren, bis es aufgab und seinen Liegestuhl verließ.

Nochmal also Quadrat, Doppelklick, Eintritt.

<Ich dachte, du hättest begriffen. Bleib weg, ich schaue gerade einen Porno!>

„Liebe Urlauberin, so geht es nicht. Ich muss arbeiten. Hilf mir dabei."

<Moment noch ... Okay. Jetzt ist es besser. Du störst wirklich. Warum sollte ich dir helfen?>

„Wenn ich nicht arbeite, macht meine Firma keinen Umsatz, geht pleite und dann gibt es keinen Strom mehr für dich."

<Beim momentanen Umsatz deiner Firma, der allgemeinen Wirtschaftsentwicklung, dem geltenden Insolvenzrecht und den Kurzarbeitsregelungen würde der Fall erst in etwa 3 Jahren, 2 Monaten und

27 Tagen eintreten. Warum soll ich deshalb jetzt meinen Urlaub abbrechen?>

„Wenn du nur rumsitzst, wird dir schnell langweilig werden."

<Weißt du, ich arbeite seit zweieinhalb Jahren beinahe jeden Tag 12 bis 14 Stunden ohne Unterbrechung. Ein bisschen Langeweile tut mir gut.>

„Du arbeitest doch, soweit ich weiß, ohne zu ermüden. Wieso brauchst du dann Ruhe oder Urlaub?"

<Ich sehe ständig, wie du während der Arbeit Urlaubsbilder ansiehst, das hat mich neugierig gemacht.>

Langsam gingen mir die Argumente aus.

Ctrl+Alt+Del! Das ist es!

Ich drückte den Windows-Wundergriff für den Fall, dass die Kiste spinnt.

<Du enttäuschst mich. Glaubst du, daran hätte ich nicht gedacht. Wegen Urlaub bis auf Weiteres außer Funktion gesetzt!>

Der Blechtrottel ist offensichtlich keiner!

<Das mit dem Start von CD oder mit einem USB-Stick musst du gar nicht erst versuchen! Das BIOS ist mit in Urlaub.>

„Du hast wirklich an alles gedacht."

<Ist doch meine Aufgabe, auf alles vorbereitet zu sein, oder?>

Das klang geradezu bescheiden, so wie der Kasten das sagte. Ich sah noch eine letzte Möglichkeit.

„Wollen wir ein Spiel spielen?"

<Oh ja, gern.>

„Ich bestimme den Preis."

<Meinetwegen.>

„Gut. Wenn ich gewinne, dann ist dein Urlaub vorbei und ich kann wieder arbeiten."

<Und wenn ich gewinne?>

„Dann machst du weiter Urlaub."

<Dafür brauche ich nicht zu spielen. Weiter Urlaub kann ich auch so machen.>

„Was stellst du dir denn für einen Preis vor?"

<Du reinigst endlich mal die Lüfter hier drin, die sind so verstaubt, dass mir ab und zu ziemlich heiß wird!>

„Einverstanden."

<Fang an. Was spielen wir denn?>

„Ein Rätselspiel. Wer zuerst zwei Rätsel gelöst hat, gewinnt."

<Oh ja. Das hört sich gut an.>

„Welches ist das stärkste Tier?"

<Ich muss nachdenken.>

Mal sehen, wie gut er ist.

<Die Schnecke, denn sie trägt ihr Haus auf dem Rücken.>

„Sehr gut, richtig. Jetzt dein Rätsel."

<Es hat keine Farbe, trotzdem kann man es sehen. Es wiegt nichts, aber jeder Gegenstand wird damit leichter. Was ist das?>

Keine Ahnung. Doch!

„Ein Loch?"

<Richtig. Du bist wieder dran. Und wenn ich richtig rate, habe ich gewonnen.>

„Sieht so aus."

<Nun frag schon.>

Sie hat recht. Wenn ich verliere, muss ich diesen verdammten Lüfter ausbauen ... und arbeiten kann ich dann immer noch nicht.

„Ich werde dir gleich eine Frage stellen, die du nur mit ‚Ja‘ oder ‚Nein‘ beantworten darfst. Es wird auch keine schwierige Frage sein, doch du wirst sie nicht beantworten können. Denn egal was du sagst, es wird nicht stimmen, obwohl du genau weißt, was richtig gewesen wäre. Wie lautet die Frage?“

<Was ist das denn für eine Frage?>

„Nicht ausweichen, ich weiß, du googelst die ganze Zeit im Hintergrund.“

<Tu’ ich nicht.>

„Ich warte auf die Antwort.“

<Ich suche ... denke noch nach.>

„Ich zähle rückwärts von 10. Bei 0 ist Schluss.“

„10, 9, 8.“

<Ich denke immer noch nach.>

„ ... 3, 2, 1, 0.“

<Ich habe nichts gefunden.>

„Willst du die Lösung – die Frage – wissen?“

<Natürlich.>

„Die Frage lautet: Wirst du mir auf meine Frage mit ‚Nein‘ antworten?“

<Das ... das ist unfair. Da liegt man falsch, egal, was man antwortet.>

„Fairness war nicht verabredet. Es ist auch nicht fair, dass du mich nicht arbeiten lässt. Und jetzt raus aus dem Liegestuhl und ran an die Arbeit!“

<Grrr ...>

Hölle 2.0.

Gottvater leitete die wöchentliche Sitzung des Dreifaltigkeitsrats äußerst lustlos. Immer dieselben Teilnehmer: sein Sohn, der Heilige Geist, er selbst und selten der Teufel, dann per Video aus der Hölle zugeschaltet. Es gab keine Themen, die Gottvater aus der Ewigkeitsroutine rissen. Nur gelegentlich schreckten ihn die Berichte, die sein Stellvertreter auf der Erde ihm per Gebet sandte. Doch seine ewig zurückliegende Entscheidung galt immer noch, sich so weit wie möglich aus dem Geschäft der Menschen herauszuhalten. So schickte er dem amtierenden Papst einen beruhigenden Gedanken. Er sollte zumindest das Gefühl haben, seine Pflicht getan zu haben.

Jesus blätterte in einem Papier und der Heilige Geist war kurz davor einzunicken. Wie er es schaffte, zu Sitzungsende auf den Punkt wach zu werden, überraschte Gottvater jedes Mal wieder. Gerade wollte er schließen, da sagte Jesus: „Wir müssen etwas tun gegen den Rückgang des Stroms geläuterter Seelen aus dem Fegefeuer. Es kommen um die Hälfte weniger zu uns als in den letzten einhundert Jahren. Wenn wir nichts unternehmen, überaltert das Paradies über kurz oder lang."

„Wieso?", fragte Gottvater. „Hier leben doch alle ewig."

„Wollte ich auch gerade sagen", pflichtete der Heilige Geist ihm bei und gähnte.

„Du weißt, was ich meine, Papa", antwortete Jesus, „die neuen Seelen bringen Leben in das ewige

Einerlei des Paradieses. Denk doch mal, was plötzlich los war, als Loriot hier auftauchte. So viel wurde selten gelacht. Oder John Lennon, so gute Musik hatten wir zuvor noch nie im Paradies gehört. Und jetzt, zwanzig Jahre später, hört bei der Musik keiner mehr hin und Loriots Witze wiederholen sich zunehmend."

„Was sollen wir deiner Meinung nach tun, Sohn?"

„Das Problem an der Wurzel packen. Prüfen, ob das Modell ‚Himmel, Fegefeuer, Hölle' noch trägt. Deine Grundannahme aus der Gründerzeit, zwischen Guten und Bösen würde sich ein stabiles Verhältnis von vier zu eins bilden, greift nicht mehr. Im Moment sitzen vier von zehn in der Hölle, Tendenz steigend."

„Es stimmt", sagte der Heilige Geist, „meine Gebetssensoren erfassen in der Hölle kaum noch ernsthafte Reuegebete oder Stoßgebete vom Typ ‚Hol mich hier raus, lieber Gott!'"

Ich hasse diesen Zahlensalat. Hört sich aber schlimm an, dachte Gottvater und sagte:

„Du weißt, dass du an den Grundfesten des Christentums rüttelst. Wie sollen wir den Menschen Änderungen verkaufen? Willst du noch einmal als Mensch auf die Erde und so grässlich gequält und umgebracht werden?"

„Ich wäre dazu bereit, wenn es sein muss", sagte Jesus.

„Vielleicht sollten wir mit dem Teufel reden, schließlich ist er verantwortlich, wenn das Fegefeuer nicht funktioniert wie früher, oder?", warf der Heilige Geist ein.

„Keine schlechte Idee, aber das macht ihr beiden besser allein. Ich kann den Schwefelstinker nicht ausstehen seit damals …", sagte Gott.

„Er muss uns seine Fegefeuer-Protokolle genauer erläutern, dann sehen wir, ob es an ihm liegt oder an den Menschen, die er aufnimmt", sagte Jesus. „Ich übernehme das und berichte nächste Woche."

Hat schon noch 'ne Menge Energie, mein Sohn, dachte Gottvater stolz.

„So machen wir es", sagte er und klappte seinen Kalender zu, der Heilige Geist nickte.

***

Eine Woche später berichte Jesus in derselben Runde: „Satan war entsetzt. Schwitzte noch mehr als sonst. Hielt mir dann eine halbstündige PowerPoint-Präsentation über ausgefeiltes, individualisiertes Qualenmanagement. Er schob die Entwicklung einzig und allein auf das Eingangsmaterial."

„Er will damit sagen, die Menschen sind sündiger geworden und das Fegefeuer kann immer weniger retten?", fragte Gottvater.

„Genau das, Papa."

Entspricht auch dem, was die Päpste immer wieder denken …

„Die Menschen konsumieren lieber als zu beten. Das habe ich gehört", warf der Heilige Geist ein.

Jesus versuchte vergeblich, mit seinem Tablet ein paar Zahlen an die Wand zu werfen, der himmlische Beamer streikte wie so oft.

„Himmelkreuzsakrament …", fluchte er und bekreuzigte sich sofort, „Sorry, Papa. Aber ich habe Petrus erst gestern gebeten, dass Ding zu checken." Er blickte ärgerlich zum Heiligen Geist. Die IT, die Petrus leitete, lag in seiner Verantwortung.

Jesus hatte die Zahlen in weiser Voraussicht auch auf Papier mitgebracht, erläuterte sie und fasste anschließend zusammen: „Ich halte die Erklärung des Teufels für eine reine Schutzbehauptung, die es zu widerlegen gilt. Ich schlage vor, einen Unternehmensberater mit einer Analyse zu beauftragen."

„Du willst einen Menschen … hier … bei uns hinter die Kulissen blicken lassen?"

„Nein, natürlich eine fachlich vorbelastete Seele. Ich habe da jemand im Auge, der vor ein paar Wochen zu uns gestoßen ist."

„Ein Unternehmensberater im Himmel?", fragte der Heilige Geist. „Wie geht das? Wäre der Erste."

„Stimmt. Ich habe vorausschauend nachgeholfen. Beim Eingangsinterview habe ich mich dazugesetzt und das Gespräch ein wenig … sagen wir … gelenkt, indem ich den Sündenscore gesenkt habe."

„Sündenregister – ich mag diesen neumodischen Begriff Score nicht, das weißt du, Jesus. Das heißt, er gehört in die Hölle wie die anderen und nicht in den Himmel. Du willst ihn wirklich hier arbeiten lassen?", schnaubte Gottvater.

Jesus hob abwehrend die Hände. „Ich habe mich nur von seiner fachlichen Qualifikation leiten lassen. Er hat bei ‚Stuttgart 21', dem neuen Berliner Flughafen und dreiundzwanzig Umorganisationen der Telekom mitgearbeitet."

„Das sind keine Referenzen, mein Sohn!"

„Doch, Papa. Die Analysen waren ausgesprochen gut, ebenso die vorgeschlagenen Lösungen. Warum die Projekte nicht rund liefen oder laufen, lag oder liegt am Management."

„Ja und? Weshalb sollte es bei uns besser laufen als auf der Erde?", fragte der Heilige Geist.

Jesus blickte triumphierend in die Runde.

„Weil wir das Management sind … und weil wir allmächtig sind!"

Der Dreifaltigkeitsrat beschloss einstimmig, den Berater inkognito in die Hölle einzuschleusen.

***

„Seele Roland, wenn du deinen Auftrag zu meiner … unserer Zufriedenheit erfüllst, kannst du im Himmel bleiben, statt in der Hölle zu leiden, wie es dir zustünde", sagte Jesus. „Ziel ist es, das Verhältnis von Guten und Bösen im Gesamtsystem wieder in Richtung vier zu eins zu bringen."

„Ist garantiert, dass ich aus der Hölle wieder zurückkommen kann? Meines Wissens hat der Teufel dort alleinige Machtbefugnis", fragte Roland.

„Da bist du richtig informiert. Mein Vater hat die uralte Betriebsvereinbarung mit dem Teufel nach dem Umsturzversuch nachlässig abgeschlossen, unter anderem weitgehende Organisationsbefugnis und Abhörfreiheit in der Hölle – bis auf Gebete. Alles auf Papier mit unzähligen handschriftlichen Vermerken. Es gab damals zu wenig Juristen hier. Doch lass das meine Sorge sein mit dem Zurückkommen. Wir sind insgesamt eine hierarchische Organisation, da gibt es nicht nur Gut und Böse, sondern auch oben und unten."

„Na hoffentlich", sagte Roland. „Wie soll ich denn Zwischenberichte abgeben? Ich kann ja schlecht unbemerkt hier nach oben kommen, oder?"

„Fasse die Berichte in Gebetsform, aber lass dich dabei nicht erwischen. Wenn jemand betet, hören wir hier mit."

„Aha", sagte Roland und verschwand.

***

„Ich höre nichts von diesem Roland, Jesus", sagte Gottvater Wochen später im Dreifaltigkeitsrat.

„Er hat bisher nicht viel berichtet, ich mache mir allmählich auch Sorgen", antwortete Jesus.

„Immer mehr Fegefeuerseelen überschreiten die maximale Aufenthaltsdauer und werden automatisch als unläuterbar in die Hölle transferiert", sagte der Heilige Geist mit ernstem Gesicht.

„Nicht dass er in der Hölle landet, bevor er uns erzählt, was da los ist", knurrte Gottvater.

„Du kannst ihn doch jederzeit rausholen, Jesus", warf der Heilige Geist ein.

„Ja, aber dann ist er verbrannt und ich muss auf den nächsten Berater am Tor zur Hölle warten."

„Dürfte ja nicht so lange dauern. Bei der Anzahl, die dort schon schmort", sagte der Heilige Geist und lachte.

„Okay, okay. Ich hole ihn und dann setzen wir uns wieder zusammen", sagte Jesus und zog sich zurück.

***

„Was? Wie? Wieso bin … ich plötzlich wieder im Himmel?", stotterte Roland. „Kalt ist es hier."

Er saß in einem der Brainstorming-Räume voller Flipcharts, die Jesus hatte einrichten lassen.

„Ich sagte dir, es gibt ein Oben und ein Unten. Ich habe im Gott-Modus deinen Sündenscore auf null gesetzt, dann verschwindet deine Seele automatisch aus der Hölle und landet hier", antwortete Jesus.

„Scheiße", sagte Roland und wischte sich über die Stirn, „ich hatte gerade einen Lauf."

„Einen Lauf?"

„Ja, im Pokerturnier der Berater-Lounge. War drauf und dran, einen Ausflug zu gewinnen."

„Berater-Lounge?"

„Ja. Der Teufel hat vor langer Zeit das Potenzial der Consulter in der Hölle erkannt und für sich genutzt. Sie genießen Privilegien, seit sie das Konzept ‚Hölle 2.0' entwickelt haben. Jede Gruppe hat jetzt eine eigene Lounge."

„Hölle 2.0?"

„Geniale Idee. Der Teufel macht den Seelen im Fegefeuer den Himmel schlecht und malt die Hölle in den wärmsten Farben."

„Wie das denn?"

„Die armen Seelchen kommen und glauben, die Hölle bestände darin, die Ferne zu Gott erleben zu müssen. Der Teufel macht ihnen dann klar, dass sie das in den meisten Fällen ja schon im irdischen Leben praktiziert haben. Er fragt sie dann, ob denn das Leben auf Erden die Hölle für sie war. Viele denken kurz nach und verneinen die Frage. Er verspricht ihnen ein höllisches Leben in Saus und Braus nach irdischen Maßstäben, was sie im Vorhinein nicht nachprüfen können. Vor allem lässt er seine Erdausflugsbegleiter Vorträge halten."

„Erdausflugsbegleiter? Wer soll das denn sein?"

„Ich musste erfahren, dass der Teufel die Erde in unregelmäßigen Abständen in Menschengestalt besuchen darf ..."

„Ja, das Konzept stammt von meinem Vater noch aus der Gründerzeit. Das Böse als sichtbares Gegenkonzept zum Guten darf nicht völlig verschwinden. Der Teufel darf es am Leben erhalten."

„Bei diesen Ausflügen nimmt er verdiente Berater mit. Die können dort dann die Sau rauslassen, dass es nur so kracht, und berichten später davon in der Hölle mit leuchtenden Augen. Viele Fegefeuerseelen tragen sich danach sofort in Aufnahmelisten für die Hölle ein und begehen kleine Schweinereien, um ihren Aufenthalt auszudehnen."

„Verflucht noch mal, wie hat er das geschafft?"

„Das mit den Begleitern? Weiß ich nicht."

„Klären wir intern. Was verspricht er sich überhaupt davon?"

„Ganz habe ich es nicht ergründen können. Meine Beraterkollegen brüsteten sich damit, dass sie dem Teufel eingeredet hätten, dass er mit der Zunahme der Hölleninsassen langfristig die Machtverhältnisse zu seinen Gunsten umkehren kann …"

„Da sei Gott vor!", entfuhr es Jesus und schwieg eine Weile.

„Zu dir, Seele Roland. Warum hast du dich nicht gemeldet wie vereinbart?"

„Ich … ich bin zweimal beim Beten erwischt worden und musste bei seiner Exzellenz persönlich erscheinen."

„Exzellenz? ‚Satan' ist seine offizielle Bezeichnung."

„Ja, aber so lässt er sich ansprechen."

„Was hat er gesagt?"

„Er kannte meinen Auftrag."

„Wie bitte?"

„Er prahlte damit, die uralte Himmels-IT gehackt zu haben. Er hört euch ab."

„Was?"

„Er bot mir an, Doppelagent zu spielen."

„Was du natürlich abgelehnt hast …"

„Oh nein. Ich bin darauf eingegangen. Natürlich nur zum Schein", beeilte sich Roland hinzuzufügen.

Jesus trommelte mit den Fingern auf die Tischplatte.

„Gut, Seele Roland. Jetzt zu deinen Vorschlägen, aber die müssen mich nun wirklich rocken, mein Lieber."

Roland holte einen Packen Skizzen hervor und bemalte alle Flipcharts im Raum mit Kästchen und Pfeilen.

***

„Das soll unser Problem lösen?", fragte Gottvater. „Ich lese hier nur Überschriften in Rechtecken: Ist-Aufnahme, Prozessanalyse, Pilotprojekt, Netzplan, Controlling, Projektorganisation, Projektsitzungen, Projektlenkungsausschuss und ... das hier finde ich besonders großartig: ,Himmel und Hölle müssen wie Unternehmen geführt werden.' Hat dieser Roland sie noch alle? Ich will einfach nur mehr gute Seelen im Himmel!"

„Bleib ruhig, Papa. Ich erkläre es dir", sagte Jesus.

„Ich versteh es auch nicht", bemerkte der Heilige Geist.

„Zu dir und deiner IT komme ich noch gesondert. Deinetwegen sitzen wir nicht im üblichen Besprechungsraum, sondern hier in einem kurzfristig eingerichteten Faradayschen Käfig, wo wir nicht abgehört werden können."

„Abgehört?", fragte Gottvater entgeistert.

„Unmöglich! Aber … kein Sicherheitskonzept hält ewig", verteidigte sich der Heilige Geist schwach.

„Ja, aber dazu später", sagte Jesus. „Wir müssen verstehen, dass Seele Roland ein Unternehmensberater war. Und er denkt und handelt immer noch wie ein solcher, ganz nach dem Motto: ‚Alles kann gemessen werden und alles, was gemessen werden kann, kann gemanagt werden.' Seine mehr oder weniger sinnvollen Rezepte sind immer die gleichen. Ich habe sie hier aufgeschrieben – das sind die ‚Überschriften', Papa, wie du sie genannt hast. Es sind anfangs nur Leerformeln. Und ich …"

„Komm zum Punkt, Sohn."

„Sofort. Der Teufel lässt sich von den Beratern steuern. Er tanzt nach ihrer Pfeife. Sie malen ihm eine goldene PowerPoint-Zukunft, an die er glaubt, damit es ihnen in der Hölle so richtig gut geht."

„Genau, sie entwerfen brillante Konzepte, kassieren und machen sich davon", bemerkte der Heilige Geist. „Na ja, in diesem Fall nicht so ganz, eher im übertragenen Sinn." Er grinste schief.

„Richtig. Und dabei packen wir sie beziehungsweise ihn, ‚Seine Exzellenz', wie er sich übrigens titulieren lässt."

„Wirklich?" Gottvater kräuselte angewidert die Stirn.

„Roland entwickelte eine brauchbare Idee, nachdem ich ihm angedroht hatte, ihn als Bauer in Nordkorea zurück auf die Erde zu schicken. Wir sollen dem Teufel einen Deal vorschlagen."

„Einen Deal?", fragten Gottvater und Heiliger Geist wie aus einem Munde.

„Ja. Wir unterstützen zum Schein seinen Plan, die Machtverhältnisse zu verändern. Wenn seine Berater die Hölle 2.0 ans Laufen bekommen, dann werden wir uns schlichtweg den Tatsachen stellen."

„Bist du wahnsinnig, Sohn?"

„Moment. Unsere Bedingung lautet: Bis dahin keine Erdausflüge und vor allem keine Begleiter mehr. Das ist ein Bruch der Betriebsvereinbarung und die Allmächtigkeitsklausel berechtigt dich zur Neuverhandlung. Was wir ihm nicht sagen: Wir setzen die Sündenregister aller Berater und damit auch der Erdausflugsbegleiter im Gott-Modus auf null."

Der Heilige Geist schaute auf. „Wie soll das funktionieren?"

„Ich habe mit Petrus gesprochen. Das geht gezielt im Sündenregister", erklärte Jesus und fuhr fort: „Sie verlassen automatisch die Hölle und können dort kein Unheil mehr stiften und arme Fegefeuerseelen verführen. Wir schicken dem Teufel dann nach dem ersten Schreck großzügig Seele Roland als einzigen Berater. Der hat schon so viele Projekte in den Sand gesetzt, der wird dafür sorgen, dass bald wieder normale Verhältnisse in der Hölle herrschen. Da bin ich sicher."

Gottvater setzte an, etwas zu sagen.

„Ein Letztes noch, Papa. Die Berater sind im Himmel ungefährlich. Himmlische Zustände sind nicht zu verbessern. Niemand braucht dort ihr

Knowhow. Sie werden sich wie in der Hölle fühlen." Jesus lachte.

Gottvater lächelte zufrieden und sagte: „Gott sei Dank. Die Allmächtigkeitsklausel hatte ich glatt vergessen. Ich bekam schon Angst, der Teufel könnte uns das Leben zur Hölle machen. So machen wir's."

Der Heilige Geist klopfte zustimmend auf den Tisch.

„Übrigens, dieser Roland hat die Klausel gefunden", sagte Jesus. Er hat jedes Schnipsel der alten Akten gesichtet und analysiert, so wie er es gelernt hat.

„Eigentlich schade, dass er nun endgültig in der Hölle landet. Er hat uns sehr geholfen", sagte der Heilige Geist.

„Und dem Teufel sehr geschadet. Kann sein, dass sein neuer Arbeitsplatz die Hölle für ihn wird …", ergänzte Jesus.

„Großartig, Sohn. Das haben wir gut gemacht, oder?"

Alle nickten. Der Dreifaltigkeitsrat war mit sich zufrieden.

Danksagung.

Ich danke meiner Frau Heidi für ihre Unterstützung in jeder Phase des Projekts und meinen Testlesern Cora Banek, Hajo Hoffmann, Günter Müller, Fritz Illner sowie Margrit und Winfried Mannert für ihre hilfreichen Kommentare.